Un empêchement

Jérôme Aumont

Un empêchement

CHRISTIAN BOURGOIS ÉDITEUR

© Christian Bourgois éditeur, 2023

© Éditions Gallimard, Paris, 1996,
pour la citation de *L'Inespérée* de Christian Bobin

Né à Caen en 1972, Jérôme Aumont vit en Normandie où il exerce le métier de directeur artistique. Il est l'auteur de deux romans, *Un empêchement* et *La plus que lente*, parus aux Éditions Bourgois.

Mathieu

1

Je suis l'homme qui a tout perdu. L'homme qui a échoué. Je suis l'homme échoué. Faut-il que je me lève ? Faut-il que j'affronte dorénavant chaque nouvelle journée pesante et prétende qu'elle m'est supportable ? J'ai tant fait semblant. Tant fui la vérité. Et voilà qu'elle me rattrape, me traque, me détraque. Je suis l'homme à qui l'on a tout donné. L'homme abandonné. Je suis terrifié. Je t'ai perdu Xavier. Je suis désolé.

J'avais tout imaginé. Craint le pire. Mais jamais je n'aurais pu imaginer te perdre comme ça. Depuis le coup de fil de cet imbécile de gendarme, je n'ai pas fermé l'œil une seule seconde. Impossible de trouver le sommeil. Je ne suis bon qu'à ressasser tout ce que j'ai raté, toutes les chances que je n'ai pas su saisir. Toutes les fois où la perspective d'un énième mensonge m'a privé de toi. Car ce sont bien mes mensonges qui m'ont privé de toi. Et l'imbécile, c'est moi. Un imbécile malheureux.

2

Ma mère, économe en tout, avait pour habitude de me dire que j'avais presque trop d'amour à donner. L'axiome me semblait incongru. Je ne voyais pas bien à quelle réserve naturelle de sentiments elle faisait référence. Mais je n'ai jamais douté de ma capacité à aimer. Elle a toujours été là, vivante, brûlante. Pour quelle raison aurais-je soudain dû m'économiser ? Mettre de côté pour plus tard ? Tout cela relevait d'un postulat par trop comptable. On aime et puis on verra bien où cela nous mène. On ne peut pas toujours parier sur l'avenir. On se met à nu et, quand vient le moment de se rhabiller, on rassemble gauchement ses oripeaux, on compte ses abattis. On s'échappe et on se reconstruit comme on peut. Du plus loin que je me souvienne, j'ai très tôt vu les obstacles et les chicanes fondre sur moi. Mais j'étais décidé à ne pas me laisser décourager. Au sortir d'une enfance ordinaire, ni douloureuse, ni tout à fait épanouie, je me suis composé un personnage d'adolescent mystérieux et discret. Je crois avoir vite compris que mon adolescence ne serait qu'un brouillon de l'âge adulte dont j'observais à la loupe les quelques spécimens que j'avais sous les yeux : mon père, ma mère, leur cercle d'amis, mes oncles et mes tantes, les voisins. Je ne cherchais pas à les imiter, mais je ne voyais pas non plus l'intérêt de les contrarier pour le plaisir ou de me faire remarquer pour de mauvaises raisons. Je n'y mettais pas plus d'enjeux que ça. Pour l'essentiel, j'attendais que cette période ingrate se passe d'elle-même, sans laisser trop de séquelles, de traumatismes ou de mauvais souvenirs. J'ai dû commettre un ou deux actes de bravoure, mais davantage pour prouver que j'étais un enfant puis un adolescent comme un autre. Je connaissais le terrain de jeu, ses règles. Mes parents les avaient très tôt explicitées, détaillant les pénalités encourues. Je gardais donc l'essentiel pour moi. Ce que j'ai, plus tard, identifié comme une forme de trouble originel. Le tableau était presque parfait, et j'avais le sentiment d'accomplir un sans-faute. Je respectais les consignes, mettais une énergie considérable à faire mien le protocole, à ne pas décevoir, à me rendre utile, à occuper une place. C'est seulement le soir, regagnant ma chambre bien rangée puis me glissant sous les draps, que je sentais mon corps se relâcher et m'échapper. J'avais alors l'impression d'être dépossédé de mes résolutions, de tout ce qui rendait ma vie domptable et prévisible. Comme si un changement de garde s'opérait et que, profitant de ce moment d'inattention, un petit malin prenait les rênes pour me soumettre au supplice ou, plus exactement, à la tentation.

Je venais d'avoir 17 ans. C'était un soir de printemps. Une famille avait emménagé dans la maison d'à côté peu de temps auparavant, une petite meulière dont le pignon tutoyait la fenêtre de ma chambre. Mathilde et Paul M., la quarantaine comme mes parents, et Stéphanie, leur fille unique, vinrent se présenter. Restés sur le pas de la porte, ils étaient les premiers intimidés par cette visite qui trahissait l'envie maladroite et trop manifeste de sympathiser avec leurs nouveaux voisins. Un peu pris au dépourvu par cette initiative, mes parents firent leur possible pour ne pas accueillir les M. trop fraîchement. Je m'efforçais quant à moi de donner une raison d'être au timide sourire de Stéphanie, que l'on avait traînée là malgré elle. Mais pourquoi est-ce son père que je ne pouvais quitter des yeux ? Et pourquoi la vision de cet homme me nouait-elle ainsi l'estomac ? Qu'était-il en train de se passer ? Ce rire nerveux et ces picotements dans les mains. Cette envie de prendre mes jambes à mon cou, de détaler comme un lapin. Et pour aller où d'abord ? J'ignore ce que je laissais deviner de mon trouble, mais je crois qu'il ne me quitta plus. Cet homme, par sa simple présence, me faisait changer de comportement de manière incompréhensible. Irrationnelle. Et je ne parvenais pas à savoir si tout cela procédait d'une quelconque hostilité ou d'autre chose, une gêne.

Fils unique, j'avais très tôt appréhendé les adultes sans le filtre d'un frère cadet ou d'une sœur aînée qui vous cantonne à la table des petits. Personne ne se préoccupait de savoir si je m'ennuyais ou s'il était pertinent que mes oreilles traînent trop près des conversations lors des repas de famille ou des apéritifs décontractés entre voisins. On baissait juste la voix de temps en temps, quand elles prenaient un tour grave ou grivois. Les adultes qui m'avaient vu grandir et que j'avais vu vieillir faisaient donc partie de mon environnement naturel. Je ne comprenais pas pourquoi Paul M. ne s'inscrivait pas dans ce paysage. Quelque chose coinçait. Il n'était ni un modèle, ni un repère, alors qu'était-il ? Un soir que je me caressais dans ma chambre, la réponse s'est imposée d'elle-même.

En général, je montais me coucher après le journal télévisé, sauf le mardi et le samedi soir où j'avais le droit de regarder le film avec mes parents. J'étais censé réviser ou lire un peu avant l'extinction des feux à 22 heures. Ma mère ne montait jamais avant la fin du film. Cela me laissait le temps de me masturber une, deux, voire trois fois les bons soirs. J'avais sacrifié une paire de chaussettes dans laquelle je me vidais les couilles. Je n'aimais pas trop la sensation du sperme chaud sur mon ventre. Je les roulais ensuite en boule sous mon lit, où régnait un bazar suffisant pour que j'estime mon secret bien gardé. Le lendemain matin, les chaussettes étaient un peu raides et j'étais sans doute le seul à ne pas remarquer l'odeur âcre qu'elles dégageaient dans toute la chambre. Mais ma mère ne m'a jamais fait la moindre réflexion. Au début, je venais très vite, sans même avoir besoin de fermer les yeux. Puis des images commencèrent à apparaître. Un visage bientôt. Un corps. Un soir, j'ai installé ma chaise de bureau devant la fenêtre, et là, les yeux braqués sur la salle de bains de la maison d'à côté, j'ai attendu. J'ai attendu qu'apparaisse Paul M. Tapi dans le noir, soustrait à tout jugement extérieur, je me suis préparé au seul spectacle qui valait toutes les soirées télé. La vision de cet homme de 40 ans, nu dans sa salle de bains avant d'enfiler ce pyjama qu'un jour, le cœur tambourinant dans ma poitrine, je finirais par aller décrocher du fil à linge. Sans doute un dimanche après-midi qu'un match de foot ou un grand prix de Formule 1 avait vidé le quartier, hommes vautrés dans leur canapé, femmes courbées sur leur planche à repasser. Était-ce pour me racheter à mes propres yeux que je me mis ensuite en tête de séduire sa fille Stéphanie ? Ou me rapprocher de celui dont j'enfilais désormais le pyjama et en frottais l'étoffe contre mon sexe, les yeux collés au carreau ? Je me souviens seulement que Paul accueillit cette idylle adolescente avec résignation et bienveillance, voyant en moi un garçon sérieux, mature et responsable. Ce petit jeu dura un été je crois. J'avais 17 ans et je laissais déjà une indicible schizophrénie s'emparer de moi.

Stéphanie et moi passions nos après-midi à errer dans les rues toutes identiques de notre petite ville de banlieue, parfois en compagnie d'autres filles ou garçons de notre âge. Sans but mais sans vraiment ressentir l'ennui pour autant. Elle était belle comme un cœur, douce, sereine, drôle. J'aurais voulu être amoureux. Être à la hauteur. Je serrais sa main, sa taille ou son épaule comme si ma vie en dépendait. Comme si quelque chose allait forcément finir par se passer, comme si ma détermination allait payer, congédier mes mauvaises pensées. Je me dégoûtais. Je haïssais ce simulacre auquel je ne voyais aucune issue. La journée, je parvenais par je ne sais quel miracle à ne pas me laisser gagner par la vision nocturne de son père nu dans leur salle de bains, à la lumière d'un tube fluorescent qui rendait sans doute sa peau un peu plus blanche qu'elle ne l'était en vérité. Mais, le soir, rendu à l'intimité de ma chambre, c'est bien à lui que je pensais, et son corps que j'explorais dans ce demi-sommeil honteux et douloureux.

À la fin de l'été, le père de Stéphanie est passé à la maison un soir. Je bouquinais dans un coin du salon. Je ne l'ai pas entendu sonner. Et il était là, dans l'entrée, face à ma mère. Il souriait, un peu décoiffé je crois. D'un geste maladroit et levant les yeux au ciel, maman m'a fait signe d'ôter le casque que j'avais sur les oreilles :

— Paul, enfin, Monsieur M. est gentiment venu t'inviter à partir en week-end avec eux en Bretagne. Cela te fera du bien de voir la mer avant la rentrée des classes. Ça te dit mon grand ?

— Si ça me dit ? Plutôt deux fois qu'une ! Merci, c'est trop gentil ! Stéphanie est au courant ?

— Évidemment, gros nigaud ! Mais c'est une idée de Monsieur M., tu peux donc le remercier en effet. Il ne va pas vous déranger au moins, vous êtes sûr ?

— Non, au contraire, ça nous fait plaisir. C'est un bon gars votre fils, vous savez. Et puis, c'est seulement pour trois jours, ce sera vite passé, mais je te préviens, hein, c'est chambre séparée. Enfin, tente séparée plus exactement !

Maman et Paul rirent de bon cœur. Je souriais jaune. Le rendez-vous fut pris pour le lendemain après-midi. À l'époque déjà, je détestais pique-nique, camping et toutes ces activités d'extérieur censées exalter la communion avec la nature, sentant bien que, derrière le beau tableau naturaliste, elles avaient surtout pour vertu d'épargner le portefeuille des Français moyens que nous étions. Mais j'étais prêt à renier tous mes principes pour l'occasion, à dormir sur une planche, dans un duvet trop petit, à boire de l'eau tiède et à manger des chips parfumées à la banane ou inversement. Ça allait être un week-end de rêve ! Et puis, c'est Paul lui-même qui était venu m'inviter, alors qu'il aurait pu envoyer Stéphanie. Ça voulait dire qu'il m'aimait bien. Mieux : il me considérait comme un adulte. Pour un peu, on aurait pu partir tous les deux. On aurait prétexté un week-end de pêche entre hommes.

À peine arrivés au camping « Armor », sur la commune de Trébeurden, j'ai compris que ce week-end allait être un supplice et non une belle partie de campagne. Stéphanie, intimidée par la présence de ses parents, marquait une distance palpable. Sans le vouloir, elle m'empêchait de puiser dans la proximité de son corps la force de renoncer à l'attraction qu'exerçait celui de son père. Il faisait chaud, très chaud. J'étais en nage, mais j'aidai Paul à installer les trois tentes comme je pus. Puis vint l'heure du dîner frugal. Stéphanie et sa mère étaient épuisées et menacèrent rapidement d'aller se coucher. Paul, lui, était en pleine forme. Les embruns le galvanisaient.

— Tu es fatigué, toi, Mathieu ?

— Non, ça va, j'ai dormi dans la voiture.

— Ça te dit de piquer une petite tête avant d'aller dormir ? Moi j'en meurs d'envie !

— Euh, oui, pourquoi pas. Stéph, tu viens avec nous ?

— Non, je suis trop fatiguée et mes cheveux vont mettre des heures à sécher, mais vas-y avec papa, profite !

Un supplice donc. Une fois nos maillots enfilés, nos draps de bain en équilibre précaire sur l'épaule, comme deux mâles conquérants, Paul et moi prîmes le sentier qui menait à la plage de Trébeurden, dans une euphorisante demi-obscurité. Il était excité comme un gamin, je peinais à me détendre. La mer était calme, l'eau froide mais enveloppante. J'ignore combien de temps nous sommes restés là, lui à enchaîner les longueurs, moi à barboter, plonger sur place et faire la planche. Je n'ai jamais été un grand nageur. Nous regagnâmes ensuite le camping sous une nuit étoilée. Tous deux frigorifiés, rincés mais détendus. Jusqu'au moment où je l'entendis décréter avec enthousiasme : « À la douche maintenant ! »

Arrivés dans les sanitaires suréclairés du camping, Paul choisit les douches communes plutôt qu'une des nombreuses cabines individuelles. Et, dans un regard de défi, il me lança : « Bon, on est entre hommes, pas de gêne, tous à poil ! » Et, joignant le geste à la parole, il fit glisser son slip de bain le long de ses cuisses et le suspendit à un crochet. Il m'invitait tacitement à l'imiter. J'étais pétrifié. Paul M., père de celle dont j'essayais désespérément de me convaincre qu'elle était ma petite copine. Ce même Paul M., que j'observais dans sa salle de bains à la dérobée par la fenêtre de ma chambre chaque soir, et dont le pyjama était mon honteux trophée, Paul M. se tenait face à moi, tout sourire. Après avoir connu la température hostile de la Manche, son sexe se ragaillardissait sous mes yeux et sous le jet brûlant de la douche, jusqu'à prendre sa taille de croisière. Autant dire que j'avais bien choisi l'objet de mes obsessions nocturnes, mais cette confrontation un peu trop frontale me renvoyait à toutes mes contradictions.

— Allez, ne fais pas ton timide, tu ne vas pas te laver en maillot, quand même ?

Je m'exécutai, obéissant à la forme d'autorité paternelle que Paul représentait.

— Eh ben, voilà, on est quand même mieux comme ça, non ? Et puis, tu n'as pas à avoir honte, la nature ne s'est pas foutue de toi !

Se rendit-il compte que, bien davantage que la nature, c'est la vision de son corps nu et terriblement proche du mien qui opérait ? Masquait-il son trouble ? Je pris le parti de lui tourner le dos, lui offrant le spectacle de mon cul plutôt que celui de ma bite turgescente. J'étais mortifié. Je ne pouvais pas prendre le risque d'être ainsi confondu par Paul, notre voisin. Le père de ma copine.

Longtemps je me suis interrogé sur les réelles intentions de Paul. Ce séduisant quarantenaire avait-il été bercé de préceptes vaguement naturistes ou était-il simplement très à l'aise avec son corps, décomplexé au point de se mettre nu devant le petit copain de sa fille ? Me testait-il ? Cette étrange intimité était-elle un maladroit rite initiatique qui traduisait à ses yeux le passage à l'âge adulte ? Sa manière à lui de me traiter d'égal à égal, en bon camarade ? Je n'ai jamais réussi à trancher et je n'ai bien sûr jamais confié cette histoire à quiconque. Je ne suis pas certain que mes parents (ou Stéphanie ou sa mère d'ailleurs) auraient goûté l'anecdote. Je n'ai plus jamais cherché à l'observer par la fenêtre de ma chambre. J'avais été, bien malgré moi, trop près du point de rupture. Il est mort trois ans plus tard d'un cancer, je crois. Stéphanie et moi nous étions perdus de vue, mais elle m'a téléphoné pour m'annoncer la nouvelle. « Il demandait souvent de tes nouvelles. Il t'aimait beaucoup, tu sais. »

3

J'ai passé les quatre années suivantes à lutter.

4

J'avais 21 ans lorsque j'ai rencontré Franck. Lui en avait 18 ou 19. Il venait de s'inscrire au cours Florent mais je ne crois pas qu'il voulait vraiment devenir acteur. Il aurait été incapable de dépendre du désir des autres. Attendre qu'on veuille bien le choisir. S'entendre dire qu'il n'avait pas le profil, pas le physique, pas l'âge du personnage. On vous rappellera. Franck avait trop espéré de son adolescence pour laisser sa vie d'homme lui réserver les mêmes frustrations : le manque, le mépris.

Il avait quitté ses parents à 16 ans. Ce qu'il croyait alors être son avenir, il l'avait trouvé dans un grand classeur blanc et bleu, un mercredi après-midi dans un centre d'orientation. Fuir. Son dossier scolaire était assez médiocre, mais il ne lui interdisait pas la voie qu'il choisissait : la vie au grand air, loin de sa banlieue, de la cuisine de sa mère, de l'indifférence de son père. Il serait paysan. Il pourrait économiser ses mots, laisser sa rugosité présider à chacun de ses gestes, s'endormir sans même y penser. Les lendemains seraient semblables. Les semaines passeraient.

Un matin de septembre, il prit un train pour Sées, petite ville ornaise dont il ignorait jusqu'au nom. C'est là, à l'internat de la section « métier d'éleveur », qu'il fit l'apprentissage de la sexualité, avec des garçons qui prétendaient ne pas être « comme ça ». Des gars qui se marieraient avant même d'en avoir eu envie, auraient trois gosses sans les avoir voulus et reprendraient l'exploitation familiale sans l'avoir choisi. Franck prenait tout. Les pipes dans les chiottes, les branlettes à deux dans un vestiaire ou un dortoir désert. Il n'avait personne à décevoir. Il s'en foutait. Les types qu'il suçait le dimanche soir pouvaient bien lui casser la gueule le lundi matin. Il recommencerait. Parce qu'il était ce garçon-là. Contrairement à tous ces types qui avaient une copine qui les attendait quelque part, Franck n'avait pas de couverture. Pas de photomaton d'une jolie brune à sortir du portefeuille pour donner le change ou calmer les esprits. Les mecs finissaient toujours par revenir. Pas un mot, à peine un geste. On le retrouvait le nez ou l'arcade sourcilière en sang, dans un couloir, dans les douches, dans la cour. Les professeurs ne posaient pas de questions.

On commença à griffonner son nom sur les murs des toilettes, à le provoquer en classe (« C'est vrai que t'as fourré ta main dans le slip de David ? »), à planquer ses fringues à la sortie de la douche. Les plus inventifs lui pissaient dessus la nuit. Ses notes se sont effondrées. Il ne trouvait le sommeil que le vendredi et le samedi soir. Lorsqu'ils étaient tous rentrés chez eux. Il refusait de frôler les murs ou de balancer. À force de ne plus savoir comment lui parler, ses professeurs ont cessé de le faire, l'ont envoyé en permanence, au fond de la classe, à l'infirmerie. Pas question d'endosser cette honte qui lui incombait.

Il aurait pu puiser en lui la force de tout encaisser. La solitude, les regards qui salissent, le silence qui lamine. Il comprenait que ce serait ça sa vie. Il allait falloir apprendre à ne pas baisser les yeux face à ceux qui vous crachent au visage. Parce qu'ils allaient être nombreux à le faire. Non, ce ne sont pas les humiliations qui lui ont fait plier bagage. Franck ne leur aurait pas accordé ce plaisir. Il aimait malgré tout la perspective de cette vie cadencée, âpre et sans autre promesse que le réveil qui sonne à 5 heures, les ongles noircis de crasse, impossibles à récurer, la terre et la poussière qui collent à la peau, s'y fondent. Mais, après quelques mois dans ce lycée agricole, il prit conscience que la seule perspective qui s'offrait à lui était celle de finir commis de ferme au service de l'un de ces mecs qui lui avaient joui dans la bouche et cassé la gueule le lendemain. Sale PD. Pour ces fils d'agriculteur, l'avenir était tracé comme le sillon que laisse la herse dans la terre fraîchement retournée. Lui était juste un enfant de salaud, un bon à rien. Alors Franck quitta le lycée à la fin de l'année scolaire. Il allait rentrer à Paris. Tout reprendre à zéro.

Ses parents avaient raillé son avenir de bouseux et moquèrent son retour prématuré avec la même ardeur. Il n'avait pas encore posé sa valise sur le carrelage de l'entrée que sa mère lui avait déjà collé le journal sous les yeux à la page des petites annonces. Une chaîne de fast-food recrutait pour son nouveau restaurant sur les Champs-Élysées : « Avec ton physique et tes joues bien rouges, ils vont te prendre, c'est sûr. Tu pues, prends une douche et va te présenter. Tu ne vas pas rester là à rien faire de tout l'été. » Il est vrai que cette année passée au grand air lui avait au moins permis de s'étoffer physiquement. Ses traits fins, ses yeux clairs et son sourire franc faisaient le reste. On l'embaucha. Le salaire n'était pas dingue mais ses horaires lui permettaient de faire autre chose.

Parfois, il s'engouffrait dans une salle de cinéma, au hasard. Ou il laissait ses pas le perdre dans Paris. Avec son premier salaire, il s'acheta un Walkman. Il le planquait sous son lit et l'enclenchait dès qu'il montait dans le RER. Il écoutait The Cure, David Bowie et The Smiths. Lorsqu'il faisait la fermeture du fast-food, il lui arrivait de descendre les Champs jusqu'aux quais de Seine ou Rivoli, la voix de Morrissey au creux de l'oreille. Il ne comprenait rien aux paroles mais il sentait bien que « *Heaven knows I'm miserable now* » avait été écrit pour lui. Un soir qu'il longeait le jardin des Tuileries, il aperçut des silhouettes escaladant les grilles métalliques et, sans savoir pourquoi, les imita. Une intuition. Il observa longuement le ballet d'ombres. Ces corps qui disparaissaient dans un labyrinthe d'ifs pour reparaître quelques minutes plus tard, visage aux aguets. Il n'osa pas s'y aventurer le premier soir. Ses cheveux et ses vêtements empestaient l'odeur de friture et de viande morte. Il avait assez goûté au mépris.

Le jardin des proies n'était pas le secret le mieux gardé de Paris. Chaque soir, à la nuit tombée, des hommes venaient s'y dévisager, s'y frôler, s'y caresser, parfois sous le regard de touristes égarés. Franck y a croisé toutes les couches de la société. Des petites frappes en jogging, des hommes mariés au regard fuyant, des créatures fardées, des acteurs croyant leur anonymat protégé par une paire de lunettes noires.

C'est là que je l'ai rencontré.

Comme toi, il m'a plu au premier regard. Une attitude, une étincelle. Soudain une silhouette devient familière, essentielle, obsessionnelle. Le hasard a voulu que je te rencontre sur un balcon de la rue Royale, d'où l'on pouvait apercevoir la pointe du jardin des Tuileries, à quelques minutes des ifs du Carrousel. Entre les deux, des exèdres, des bassins, les poussiéreuses allées de Castiglione et de Diane. Une vie tout entière. Une vie passée à oublier l'amour, la maladie, la mort, la solitude.

J'ai longuement observé Franck. Je guettais son arrivée. Nous avions presque le même âge mais il m'impressionnait. Rien ne semblait l'atteindre. Il évoluait avec grâce au sein de ce ballet qui empruntait autant aux chorégraphies de Martha Graham qu'aux films de Fassbinder. Il se mouvait dans ces buissons comme il aurait pu le faire dans un champ de maïs de la campagne ornaise. Avec désinvolture, sans se donner plus d'importance qu'il n'en avait. On ne voyait que lui.

Je n'ai pas toujours été un simple spectateur de ces ballets nocturnes. Il m'arrivait de m'enfoncer dans le labyrinthe. Mais à chaque fois que j'y apercevais Franck, je devenais nerveux, je me dérobais et l'évitais. Je voulais tant lui plaire. Et puis, un soir, ses yeux se sont portés sur moi. Il fumait une cigarette un peu à l'écart. Il me souriait. J'ai trouvé le courage de marcher vers lui. Nous sommes allés prendre un verre à la terrasse d'un café, rue de Rivoli. Il m'a tout raconté, sans fausse pudeur, sans calcul : le lycée agricole, la chambre de bonne qu'il avait trouvée quelques semaines plus tôt, le cours Florent, le McDo.

Il venait d'être engagé pour une publicité. Le tournage aurait lieu en Amérique du Sud. Le montant du cachet était inespéré. Le vent tournait. C'est absurde mais j'étais heureux pour lui. Je lui ai dit où j'habitais, il a promis de passer me voir quand il serait de retour à Paris. Je l'ai cru. Je le sentais incapable de mentir. Je l'ai accompagné jusqu'à la station Louvre Rivoli. Nous avions passé deux heures à nous raconter. Cela me suffisait.

J'ai aimé deux hommes, Xavier.

Je me raconte votre histoire pour vous garder en moi à jamais.

5

Franck est rentré du Chili un mois plus tard comme prévu. Plus beau que jamais. Bronzé, épuisé mais heureux. Nous avons tous les deux cessé d'aller nous perdre dans les allées du jardin du Carrousel. Mais c'était déjà trop tard. Nous étions au cœur de l'hécatombe. Il régnait à Paris une odeur de mort et de défiance. Les rues du Marais se vidaient de leurs joyeuses troupes. Sous les drapeaux multicolores en berne, des pestiférés aux silhouettes décharnées et aux visages rongés d'hématomes qui, bientôt, n'oseraient plus sortir de chez eux et s'y terreraient, abasourdis, privés de leur superbe, leurs T4, leur humanité même. Au milieu de ce fracas, amoureux et inconscients, nous nous pensions à l'abri du danger. Nous refusions de le voir venir. Nous nous protégions mais je doutais qu'il en eût toujours été ainsi pour Franck. À quoi bon l'accabler de questions ? Trois mille trois cents d'entre nous sont morts du VIH entre 1984 et 1988. Mais nous refusions de les voir. Ou d'affronter leur absence. Nous pensions être des miraculés.

Quelques semaines, quelques mois après son retour du Chili, Franck a fait un premier malaise. Il était fatigué. Anémié. Déshydraté. Le médecin lui a conseillé de faire un dépistage. La maladie ne nous a plus lâchés. J'étais tombé amoureux d'un condamné à mort. Nous avons quitté Paris très vite. Je venais d'obtenir ma licence de droit. J'avais tout le reste de ma vie pour continuer mes études et penser à mon avenir. Dans douze, quatorze, dix-huit mois peut-être, Franck serait mort.

Comme prévu, la publicité qu'il avait tournée au Chili lui avait rapporté pas mal d'argent. Outre le spot télé, son visage avait été choisi pour figurer sur des produits parascolaires : trousses, cahiers, pochettes. « Un comble pour un cancre comme moi », avait-il souri avec tristesse après le coup de fil de l'agence. Cet argent me permettrait de m'occuper de lui les derniers mois de sa vie.

Parfois je me dis que je ne l'ai rencontré que pour ça. Personne d'autre ne l'aurait fait à ma place. Et il n'aurait laissé personne d'autre le faire. Nous avons appris à nous connaître en affrontant la maladie : moi sur son corps, lui dans mes yeux. Nous sommes partis nous installer à Nice. Vivre à Paris n'avait plus aucun sens. Il voulait se lever face à la mer. Et l'hôpital Saint-Roch avait bonne réputation. J'aurais pu fuir. Continuer mes études comme si de rien n'était. Mais la question ne s'est pas posée. À aucun moment je ne me suis pris pour un héros ou pour son ange gardien. On fait parfois les choses parce qu'elles s'imposent. La mort m'a toujours terrorisé, mais à force de combattre crises d'angoisse et terreurs nocturnes, j'avais fini par la maquiller en fantasme, en un rocher romantique sur lequel je n'échouerais qu'au terme d'une vie bien vécue, le corps recouvert de fines stries bleutées, les mains maculées des mêmes taches que celles que j'avais vues peu à peu apparaître sur les bras et les mains de ma mère. Lorsque la mort vous obsède, le seul réconfort est de l'envisager comme un soulagement, sous la forme d'une nuée de Parques bienveillantes qui vous rappellent au moment précis où le courage de vous lever a déserté votre corps tout entier.

Avec Franck, j'ai rapidement compris que les meilleurs visiteurs sont ceux que l'on a conviés, pas ceux qui débarquent à l'improviste, une mauvaise bouteille de vin à la main. Entre ceux que la maladie avait fauchés et ceux qu'elle terrorisait, nous avons rapidement pris conscience que ce dernier acte aurait peu de protagonistes. Nous avions aussi choisi Nice pour cela. Nous n'y connaissions personne et il était sans doute plus simple d'affronter le regard de parfaits inconnus que celui de proches qui superposent deux images de vous. Bien sûr, nos parents respectifs n'ont que rarement pris la peine de décrocher leur téléphone, d'écrire une lettre ou de prendre le train pour venir nous voir. J'ai beau avoir une faible considération pour les uns et les autres, je ne leur en ai jamais voulu. Je faisais les choses de manière mécanique. Le hasard m'avait mis sur la route de Franck, ce n'est pas comme si j'avais assisté à la scène de loin. Son courage m'épargnait interrogations et atermoiements.

Il détestait l'idée que je mette mon avenir professionnel entre parenthèses, alors j'ai cherché un petit boulot, à mi-temps, histoire de rentrer à la maison le soir et de donner à notre exil niçois un semblant de normalité. J'ai trouvé un job au service juridique de *Nice-Matin*. J'avais des collègues, une vie de bureau à raconter en rentrant. Pendant ce temps-là, il s'essayait à tout : il peignait, modelait de fines silhouettes en terre crue. Il écrivait un peu. Le plus injuste, c'est qu'il avait du talent pour tout. Il savait coudre, réparer une chasse d'eau, diagnostiquer l'origine d'une panne sur notre 205 blanche. Il cuisinait aussi, mais mangeait de moins en moins. Il me faisait la lecture parfois. Il adorait la *Trilogie new-yorkaise* de Paul Auster, les romans de Carson McCullers et de Laurie Colwin.

Les quelques mois que nous avons passés à Nice ont été doux, tendres, beaux. L'exact opposé de ce que j'avais jusqu'ici observé chez la plupart des couples de mecs, qui ne cessent d'affirmer lequel a le plus de succès, le plus de pouvoir, le plus gros salaire, la plus grosse bite. Apaisée par l'imminence de la mort, notre relation se construisait non pas sur une litanie de vœux impossibles à exaucer ou de voyages que nous ne ferions jamais, mais sur la réalisation de ce qui était à notre portée. Nous nous fixions semaine après semaine de nouveaux défis : une promenade, un cinéma, un court voyage en voiture, une soirée en boîte de nuit. Pour conjurer la mort, nous l'ignorions, nous faisions diversion, nous nous divertissions. Plus tard, j'eus bien des occasions de vérifier à quel point c'est la principale activité humaine.

J'ai quitté Nice le jour même de son enterrement. J'avais toujours su qu'il en serait ainsi. Il m'avait fait lui promettre que je n'errerais pas dans cet appartement empli de son absence. Que je partirais aussitôt après lui. J'ai fait mes valises dans la douleur, la hâte et la confusion. Il fallait que je continue à vivre, que je reprenne le cours de mon existence. Rester là n'aurait rien eu d'un hommage. Je n'ai gardé qu'une photo de lui et quelques babioles : sa montre, une figurine en terre crue et une carte postale qu'il m'avait envoyée de Valparaiso. L'ensemble tenait dans une petite boîte en bois et en corne. Jamais je n'ai cédé à la tentation de l'ouvrir. J'y aurais vu une profanation davantage qu'une célébration de sa mémoire.

J'ai regagné Paris au volant de notre petite voiture blanche, sans savoir où j'allais atterrir ou dormir. Me retrouver. À mesure que les kilomètres défilaient sur le compteur Jaeger, je comprenais que ce trajet marquait bien autre chose qu'un simple retour à Paris, à mes études, à ma vie sans Franck. Il y avait aussi ce que je laissais sur le rivage méditerranéen, sous les dardants rayons du soleil niçois. Je n'ai jamais vécu la maladie comme un avertissement, une malédiction ou, pire encore, une punition. Pourtant, je le sentais à la manière dont mes mains agrippaient le volant, je sortais éreinté de ces longs mois au cours desquels j'avais peu à peu vu son corps disparaître sous l'étoffe blanche de ses chemises jadis cintrées, sous le coton de ses tee-shirts jadis ajustés, sous le denim de ses jeans dans lesquels ses jambes semblaient ne plus être que de frêles baguettes incapables de le porter.

À rebours, chaque kilomètre absorbé par le bitume de cette Autoroute du Soleil m'éloignait davantage de ce qui ressemblait de plus en plus à un premier brouillon de ma vie. Un chapitre brisé net dont je devais sans tarder écrire la suite pour ne pas être happé par l'inertie que ce parfum de mort répandait tout autour de moi, imprégnant mes cheveux, ma peau et les quelques vêtements que j'avais entassés dans ma valise.

6

L'automne suivant, j'avais emménagé dans un nouvel appartement, repris le chemin de l'université Paris-Descartes et revu ma garde-robe. Un terne uniforme qui me permettait de passer inaperçu. Je me vêtais comme je me nourrissais, sans conviction, sans gourmandise ni coquetterie. Je ne visais pas l'effacement, j'étais en devenir. En attente de ce qui allait faire ressurgir les prémices d'une envie. Une direction. J'étais un bloc de terre prêt à être modelé. Une grume de bois attendant d'être usinée. Sur les bancs de la faculté, j'ai intégré un petit groupe se composant à valeur égale de garçons et de filles : Arnaud, Étienne, Marianne, Nathalie et Sarah. Pour l'essentiel, de futurs notaires de province ou conseillers juridiques. Certains hésitaient encore à tout plaquer en fin d'année pour trouver un job et rentrer à Cherbourg, Angers ou Nantes. Une joyeuse bande, certes sans grande conviction ni ambition, mais cela m'allait très bien. J'éprouvais un profond besoin de normalité. Pour l'essentiel, nous atteignions le sommet de la débauche quand, au terme de longues soirées studieuses, nous déléguions l'un des nôtres pour sortir acheter deux ou trois bouteilles de vin. Les moins chères de préférence, toujours à l'épicerie du coin. Nous nous appliquions à singer les gens raisonnables et ennuyeux que nous serions plus tard.

C'est au cours de l'une de ces soirées arrosées que j'ai entamé le prologue du second chapitre de ma vie. Sans filet. C'est Nathalie qui avait posé la question. J'imagine qu'elle fut la première à être décontenancée par sa soudaine audace. Un afflux d'alcool dans le sang. « Alors, les mecs, lequel d'entre vous a déjà couché avec un garçon ? Enfin, pas forcément couché, mais bon, vous comprenez ce que je veux dire, quoi ? » Elle produisit un petit rire aigu et ulcérant. Le froid fut à la hauteur de sa maladresse. Non seulement la question sortait de nulle part, mais ce postulat de franche camaraderie cadrait assez mal avec la réserve naturelle pour laquelle nous avions tous opté. Sans doute suis-je le seul à l'avoir interprété ainsi mais j'eus aussitôt le sentiment qu'il y avait là comme la formulation d'une question que tout le monde se posait mais que personne n'aurait jamais osé aborder. Hormis celle qui avait de toute évidence surestimé sa tolérance au côtes-du-rhône tiède et bon marché. J'étais au pied du mur. Qui étais-je ? Étais-je ma sexualité ? Qu'étais-je prêt à livrer de moi-même à cette petite bande qui, pour fort sympathique qu'elle fût, aurait disparu de ma vie d'ici un ou deux ans maximum ? Avais-je le besoin, le courage d'étaler ainsi mon passé et ma souffrance ? Car la suite était aussi prévisible que l'issue de la soirée pour Nathalie : rires gênés, larmes et vomissements. On allait ensuite me plaindre, me consoler, s'en vouloir, s'excuser. Non merci. Profitant du flottement que la question de Nathalie avait fait naître, renvoyant les uns à leur virilité et les autres à leur voyeurisme, je fus le premier à rompre le silence. J'y vis sans doute le plus court moyen de prouver que s'il y en avait bien un qui était blanc comme neige, c'était moi. « C'est amusant ce fantasme quand même ! Pourquoi veux-tu qu'en chaque mec sommeille un homo refoulé ? Au risque de te décevoir, chère Nathalie, et je pense m'exprimer au nom de l'assemblée masculine ici présente : si l'un d'entre nous a joué à touche-pipi une fois dans sa vie, il s'est empressé de l'oublier le jour même. Ce n'est pas forcément un truc donc les mecs se vantent. Je ne sais pas s'il t'est arrivé d'embrasser ta meilleure copine quand tu avais 14 ans, un soir de désœuvrement, mais si tel est le cas, as-tu envie de t'en souvenir avec nostalgie et d'en parler avec nous ce soir ? Pas sûr. » De l'art de désamorcer une bombe avant qu'elle ne vous explose au visage. S'ensuivit une muette approbation de la gent masculine. Nathalie baissa la tête. L'affaire était réglée et ma décision prise. Mon amour mort jamais ne serait exhumé. Il n'était nullement question d'homosexualité. J'avais rencontré, puis soigné et accompagné un être qui m'avait touché, que j'avais aimé, mais finalement de manière presque platonique. Non, je n'étais pas gay, je ne l'avais jamais été. Et, à bien y réfléchir, je ressentais un début d'attirance pour Marianne, son décolleté généreux, sa chevelure délicate, sa discrétion. Non, je n'étais pas PD, j'étais un mec, un vrai, rien ne me détournerait du droit chemin. J'allais fonder une famille, avoir des enfants. J'allais avoir une existence rangée, normale. Rien ne dépasserait. Je ne mangerais pas de ce pain-là. Pas moi. J'allais raccompagner Marianne chez elle après cette étrange soirée, clouer d'un coup le bec à Nathalie, couper court à toute spéculation, reprendre le droit chemin que je n'aurais jamais dû quitter, le sillon dont je n'aurais jamais dû m'écarter. Vivre, c'est choisir. Je choisissais de vivre et de donner la vie. C'était dans l'ordre naturel des choses. Je devais mettre un terme à cette période de ma vie consacrée à de vaines éjaculations, à de mortes amours. Elle s'appellerait Marianne ou peut-être bien Marie. J'apprendrais à la désirer, à l'aimer, à la pénétrer. Cela ne devrait pas être si compliqué. Il me venait en tête des scènes de ce film de Gainsbourg, où Joe Dalessandro exhorte Jane Birkin à lui présenter son cul plutôt que son bas-ventre. Moi aussi je rivaliserais de subterfuges. Je prendrais sur moi. Ça en vaut la peine. Rien n'est insurmontable. Résonnait en moi cette provocation de mon infâme prof de philo en terminale : « Vous savez très bien ce que je pense de l'homosexualité, Mathieu. L'homosexualité, c'est la masturbation. Ce n'est rien d'autre que de la masturbation », ponctuant sa sentence d'un masque de dégoût. Alors je renoncerai à la masturbation. Je serai fécond.

7

Je sais bien ce que tu penses de tout cela. Ça ne tenait pas la route une seule seconde, pas plus que ton cabriolet anglais. Mais, avec le recul, peut-être que si tu n'étais pas venu vers moi sur ce balcon de la rue Royale, j'aurais réussi à te faire mentir. Je suis reparti de cette soirée avec Marianne, sous les regards complices d'Étienne et d'Arnaud et celui, interdit, de Nathalie. Nous nous sommes embrassés dans la pénombre de l'ascenseur et le goût de sa salive ne m'a pas déplu. Pas plus que ne m'a déplu le reste de la nuit. La manière dont elle m'a chevauché sur le futon qui occupait un tiers de son studio. J'ai joui très vite. Il m'a suffi de convoquer l'image d'une armée de bites gonflées d'hélium. Le lendemain matin, nous étions convenus que tout cela ne serait que l'histoire d'une soirée. Un peu trop arrosée la soirée. Nous n'avions pas de temps à consacrer à autre chose qu'à nos chères études. On allait rester copains.

De fait, j'étais tout sauf amoureux d'elle. Je l'aimais bien Marianne, mais pas au point de l'embrasser dans les coins, de lui prendre la main, de me noyer dans ses yeux noisette ou son décolleté girond. J'étais prêt à tout sacrifier mais je demandais juste un peu de temps. Un répit.

J'ai consacré les années suivantes à construire mon brillant avenir comme un bon petit cheval : je passais le plus clair de mon temps dans mon box à étudier. Je ne me laissais que rarement distraire. J'allais parfois me dégourdir dans un quelconque paddock, buvais quelques bières le vendredi soir, m'abandonnais aux joies délicieusement raisonnables des soirées entre futurs notables bien coiffés et bien habillés. Il m'arrivait même de lâcher la bride, de me laisser séduire par une brune plantureuse, une blonde incendiaire, une rousse téméraire. Petit à petit, je confectionnais mon costume de gendre idéal, j'ajustais l'encolure, je peaufinais la doublure. J'avais la réputation d'être un garçon réservé, sérieux, peut-être un peu ennuyeux aussi. Mais cela me convenait. Je maîtrisais la situation. Je m'apprivoisais. Je ne me fixais pas d'objectifs mais je savais ce vers quoi je tendais. Je mangeais sainement. J'évitais les excès. Je fuyais les tentations. Je prenais soin de ne jamais m'engager dans des voies sans issue.

Et puis j'ai rencontré Marie. Je venais de terminer mon Master et, sur les recommandations de l'un de mes professeurs, je venais d'être recruté par une entreprise qui recherchait un profil comme le mien. Tout était calé, je commençais quelques semaines plus tard. Le salaire était correct, l'équipe dynamique, la boîte saine, tout se présentait pour le mieux. Je pense que cette perspective et tout ce qui en découlait, comme la location d'un joli deux pièces dans le 17e arrondissement, irradiaient de ma personne qui s'était plutôt fait une spécialité du profil bas. Pour la première fois de ma vie, j'envisageais la suite avec confiance, un enthousiasme mesuré mais réel.

Emporté par cette promesse de bonheur à portée de main, j'avais même convié chez moi – comble de l'autocélébration – quelques connaissances pour un « apéritif très informel », à peine dînatoire. Histoire, une fois dans ma vie, d'ouvrir la porte de mon appartement à quelqu'un d'autre que ma gardienne d'immeuble ou un pompier venu réclamer ses étrennes.

J'évoluais dans les allées d'une supérette, en quête de sancerre blanc, de chinon rouge, de chips et de pistaches, de tomates cerises et autres feuilletés pur beurre. Je n'avais sans doute jamais autant ressemblé à un garçon plein d'avenir, d'espoir et d'amis. C'est tout du moins le portrait que Marie a dû se faire de moi lorsqu'elle m'a aperçu dans les allées achalandées de la supérette, fourguant dans mon caddie métallique tout ce que je croisais de bouteilles et d'amuse-bouche.

Je la suspecte un peu de m'avoir suivi, même si elle l'a toujours nié au fil des nombreux récits dont ce vaudeville de supermarché a fait l'objet. Je la soupçonne d'avoir orchestré cette rencontre prétendument fortuite et provoqué le moment où nous allions nous croiser devant le rayon traiteur.

Je venais de me saisir de la dernière barquette de petits fromages frais « spécial apéritif ». Elle l'agrippa à son tour, se campa face à moi : « Ah, vous la vouliez peut-être ? » Pour une raison que je continue à ignorer, cette arrogance, cette manière d'imposer son autorité naturelle m'a aussitôt décontenancé, séduit, galvanisé. « Oui et je ne vois qu'une solution, l'ai-je défiée à mon tour. Je vous la laisse, mais vous l'apportez chez moi ce soir. » Il n'y a toujours eu qu'une manière de communiquer avec Marie : la prendre à son propre jeu, singer son assurance et surenchérir. « Parce que vous vous imaginez que je n'ai rien de prévu ce soir ? » se défendit-elle. — Non, parce que c'est un ultimatum, sinon je reprends ma barquette sur-le-champ. »

D'où me venait cette harangue, ce courage inédit ? Où avais-je soudain puisé ce casanovisme de pacotille ? Peut-être dans la certitude que je venais de trouver la mère de mes enfants. Brillante, belle, hautaine, dédaigneuse et gonflée comme pas deux. Une femme qui, non contente de s'inviter chez moi au débotté, avait mis au point un rapide stratagème pour me donner l'illusion que l'idée venait de moi. Pas tout à fait une manipulatrice, mais pas un ange non plus. Je ne cherchais rien ni personne. Mais si j'avais dû chercher quelqu'un, c'était elle. Cette femme qui prendrait rapidement toutes les décisions pour deux, tout en ayant l'infinie délicatesse de me laisser croire que j'en étais l'instigateur.

La soirée se déroula comme je l'avais espéré. L'alcool ne manqua guère, personne ne fut malade, aucun voisin ne vint frapper à la porte. Ce qui constituait sans doute la preuve que cet apéro était un ratage complet, mais j'étais disposé à m'arranger de ce genre d'échec. Marie partit la dernière, non sans m'avoir glissé sa carte de visite. Elle était journaliste et venait de rejoindre le service mode d'un hebdomadaire de renom, ce qui lui conférait d'ores et déjà l'aura d'une Parisienne blasée et rompue à l'art de cerner en un quart de seconde celui qui, au cœur de la plus insignifiante des soirées, pourrait un jour devenir un interlocuteur ou un intermédiaire. Bref, un passe-plat ou un passe-droit.

J'ignore ce qui a pu l'attirer chez moi. Je n'étais ni un brillant orateur, ni un grand séducteur, ni quelqu'un avec qui s'afficher aurait pu présenter la moindre valeur ajoutée. Quand bien même elle aurait décelé mon potentiel, mon avenir professionnel ne constituait en rien une promesse de soirées fastueuses ou de destinations exotiques. Mais ma future carrière dans les ressources humaines allait lui assurer que jamais je ne viendrais lui voler la vedette ou lui faire de l'ombre dans son univers à elle. C'est Marie que l'on apostropherait le week-end dans la rue. C'est Marie que l'on reconnaîtrait dans les boutiques ou les galeries d'art contemporain. Marie encore que l'on inviterait bientôt un peu partout. Elle qui se verrait désigner les meilleures tables des meilleurs restaurants, elle que l'on convierait aux ventes privées. Pour tout cela, je serais son complice discret. Il y aurait des zones d'interaction, d'échange et d'écoute, mais chacun resterait dans sa ligne de nage, garantissant le plein succès de l'entreprise. Nous allions être une équipe, une terre sacrée où l'esprit de compétition n'a pas droit de cité.

Marie impressionnait quiconque croisait son chemin. Par son allure, son regard, sa détermination. Elle savait qui elle était, où elle allait et quelles étapes elle acceptait de passer. Tout comme moi, elle cherchait l'allié avec lequel elle affronterait cette vie d'adulte responsable qui s'ouvrait à elle. Tout comme moi, elle fuyait quelque chose. Il fallait avancer, coûte que coûte. Fonder une famille, écrire sa propre histoire, laisser une trace. Et si cela ne s'accompagnait pas d'une grande histoire d'amour, elle s'en accommoderait. On trouverait notre rythme, un équilibre précaire mais un équilibre quand même. Je serais ce partenaire qui épaule et écoute. Ce mari suffisamment admiratif et distant pour ne jamais remettre en question ses choix ou contester ses caprices.

Et moi dans tout cela ? Je ne visais pas le coup de foudre et ne recherchais plus le grand amour, mais une partenaire, un certificat de normalité. Pas une pauvre créature qui allait faire office de trompe-l'œil et me permettre de vivre ma double vie. Mais, bien au contraire, celle qui, par son tempérament même et la nature de notre contrat implicite, me protégerait de moi-même et de toute tentation destructrice. Car c'est bien ainsi que j'avais fini par considérer mon homosexualité. Avec Marie, je faisais le choix de vivre, de survivre en tout cas, et de me pelotonner dans le confort de ce qui s'annonçait comme une vie bourgeoise et honorable. Nous allions arranger notre union comme les générations précédentes avaient vu la leur arrangée par des enjeux dépassant leur petite personne et leurs pulsions naturelles, que ce fût pour d'obscures motivations économiques, politiques ou même religieuses. Notre arrangement n'avait rien de dégradant. Et notre libre arbitre n'en prenait pas ombrage. Nous allions nous unir comme deux guerriers affrontent une bataille. Nous nous sommes mariés quelques mois plus tard. Pas tout à fait dans la précipitation mais dans l'appréhension que l'autre ne découvrît la supercherie, et ne déchirât en mille petits morceaux ce qui n'était qu'un contrat de dupes. Car si nous avions tous deux l'impression d'avoir fait une excellente affaire, nous étions, comme le garagiste véreux qui vient de refourguer pour le double de sa valeur une voiture dont il sait qu'elle est vouée à la casse, pétrifiés à l'idée que le moteur ne tînt au-delà du parking de la concession.

Il faut que je cesse de filer la métaphore automobile, pardonne-moi mon amour.

8

Je n'étais pas malheureux, tu sais. Malheureux, je le suis de vous avoir perdus, Franck et toi. Avec Marie, nous savions à quoi nous en tenir dès le départ. Nous savions que nous n'étions vierges de rien, mais nous n'en parlions tout simplement pas. Bien sûr, elle s'est vite rendu compte que quelque chose en moi était brisé. Et j'ai touché du doigt les zones d'ombre qui la paralysaient. Mais dès lors qu'il fut établi que nous ne souhaitions pas nous en ouvrir l'un à l'autre, nous avons enfoui nos passés comme on dresse un voile blanc sur le mobilier d'une maison de famille endeuillée. Parce que personne n'aime être le confident d'amours mortes.

S'est-elle jamais doutée que je cachais davantage qu'un simple amour de jeunesse qui aurait tourné court ? Je l'ignore. Tout comme j'ignore, aujourd'hui encore, la nature de cette fracture qui l'a jetée dans mes bras. Je crois que cela ne l'a jamais beaucoup intéressée de se pencher sur mon passé. Pas plus que moi sur le sien. Seul l'instant présent importait. Pas au nom d'un improbable *carpe diem*, mais parce que nos vies en dépendaient. Parce que nous voulions les goûter coûte que coûte, ces vies amères et frelatées. Alors nous en avons ingurgité la lie et gobelotté l'ivraie. Plus rarement, nous en avons même moulu le bon grain, improvisant un foyer, des rites, un rythme.

Marie est rapidement tombée enceinte. Cette grossesse représentait notre principal projet commun, celui qui avait justifié et donné vie à tout le reste. Celui pour lequel nous nous étions programmés depuis notre rencontre de supermarché, notre mariage rapidement arrangé, notre premier appartement. Nous étions tendus vers cet avènement comme deux athlètes se préparent pour une compétition. Marie m'a montré à quel point elle avait à cœur d'être une mère irréprochable. Mais elle semblait davantage suivre un mode d'emploi et un lent cheminement intérieur que répondre au besoin de donner la vie ou le sein. J'avais plutôt l'impression qu'elle donnait le change. Qu'elle se racontait à elle-même cette fable, mais qu'elle aurait tout aussi bien pu sortir de l'appartement par un beau matin et reprendre le chemin du travail comme si de rien n'était. Elle cochait des cases mais refusait dans le même temps de s'y laisser enfermer. Comme si elle ne les créait que pour mieux les admirer de l'extérieur l'instant d'après. Avait-elle besoin de bâtir sa prison à mains nues pour être capable d'éprouver le sentiment de liberté ? Pour m'être beaucoup battu contre moi-même, j'avais une perception très aiguisée de ce qu'est le déni. Pourtant, Marie ne cessait de me prouver à quel point je n'étais qu'un petit joueur, un apprenti grimaçant.

Je l'avoue, j'étais alors bien trop replié sur moi-même et mes propres contradictions pour prendre le temps d'interroger Marie sur ses motivations profondes ou sur ce qui minait les tréfonds de son âme. J'étais concentré, appliqué, absorbé. Toujours pétrifié à l'idée que le vernis craque, que le masque tombe et révèle le visage monstrueux, tordu de douleur qui ne demandait qu'à reprendre la parole dont je l'avais privé. Chaque coin de rue était un traquenard où je manquais cent fois de me heurter à un fantôme, à mon reflet d'imposteur, au regard un peu trop appuyé d'un bellâtre assis en terrasse.

On dit souvent à quel point la naissance d'un enfant vient souder un couple claudicant et désarticulé, lui donner cet équilibre qu'il a perdu. Une béquille en layette. Mais il n'en est rien. L'enfant fonde le couple. C'est pourquoi j'ai toujours honni ce triste spectacle consistant à lui faire éructer à tout prix un grotesque « Areuh ». Cet être d'une infinie sagesse est sitôt réduit à l'état de marionnette à laquelle on veut faire prononcer des mots qui n'en sont pas. Quelques mois plus tard, on le laissera enfin nous dire ce qu'il a fait de nous : une mère, un père, une famille.

Jeanne s'est révélée être une enfant exigeante, toujours en demande de preuves d'amour, mais raisonnable et équilibrée. J'ai aussitôt reporté sur elle toute l'attention qui, depuis ma rencontre avec Marie, ne demandait qu'à s'exprimer. Comme je l'avais pressenti, Marie a très vite repris le chemin du travail et consacré tout son temps à cette carrière provisoirement laissée de côté, à laquelle elle allait dorénavant pouvoir s'abandonner sans réserve, avec un acharnement dont je savais qu'il masquait davantage de failles qu'il n'en révélait. Notre fille est devenue le seul être qui me rattachait au monde. Mais je ne pouvais espérer qu'elle m'autorise à y trouver ma place ou m'affranchisse de ma propre imposture. Il m'aura fallu renier une part de celui que j'étais pour étreindre une autre vérité. Cette emprise cardinale d'un amour qui m'a tant appris, m'a tant pris aussi.

Cet amour m'a sauvé malgré moi.

Nous avons connu quelques instants de grâce qui, au-delà même du contrat tacite qui nous unissait Marie et moi, me procuraient le sentiment que nous étions en train de façonner un édifice plus vaste que nous-mêmes. Rien de plus impérieux ne pouvait sourdre. Et cette présomption est de celles qui donnent un sens à une vie tout entière. Elle gomme le manque, remplit le vide. Mais le vide m'a rattrapé. Car la nature humaine est ainsi faite qu'un renoncement provisoire peut fort bien être maquillé en un regrettable contretemps.

Marie s'est peut-être empressée de me tromper, tout comme mon père a bien dû tromper ma mère une ou deux fois dans sa vie. Cela ne me console pas. Cela ne me rassure guère. Cela n'éteint aucun incendie intérieur. Je n'en suis pas à un stade de ma vie où j'essaie d'endormir ma douleur sous un voile de gaze. Plus que tout au monde, j'ai besoin de tout affronter : la paternité, la colère, le mensonge. Cette double vie qui t'a sans doute tué. Ta mère qui te pleure dans le silence de son appartement. Mon chagrin que j'enfouis, comme j'ai tout enfoui depuis notre rencontre sur ce balcon de la rue Royale. Je finis par me soupçonner d'être capable d'ainsi tout enfouir. Et de me transformer, non pas en un charmant prestidigitateur ou en un talentueux illusionniste, mais en un triste fossoyeur. Une pelletée pour Marie, une pelletée pour Jeanne. Une pelletée sur toi.

9

Cette soirée de juin n'avait pas bien commencé. Marie et moi traversions une période compliquée. Jeanne avait quitté l'appartement familial quelques mois plus tôt. Son départ avait réveillé de vieux démons, ouvert de nombreuses vannes et autant de brèches. J'aurais dû être préparé à cet envol prévisible, mais je ne l'ai tout simplement pas vu venir. Sans doute parce que je redoutais la réaction en chaîne qu'il n'allait pas manquer de susciter. Je m'étais reposé sur l'espoir que le simple fait d'habiter le centre de Paris nous mettait à l'abri d'un départ trop précoce de Jeanne. Je m'étais aussi bercé de l'illusion qu'elle trouverait confortable de profiter *sine die* de notre appartement bourgeois, et ne serait pas pressée de sous-louer un trois pièces dans un arrondissement que sa vie ultra-protégée ne lui aurait que rarement donné l'occasion de traverser. Mon équilibre dépendait à tel point du fragile édifice au sein duquel nous cohabitions tous trois depuis dix-huit ans, que le départ de Jeanne nous exposait tous à une douloureuse période de remise en question. Comment Marie et moi allions-nous gérer le départ de Jeanne, sa chambre vide, son silence ? Protégé par ce cordon de sécurité que notre cellule familiale avait tissé autour de nous, j'avais traversé ces dix-huit années sans trop y penser, j'avais peu à peu laissé Jeanne prendre toute la place : elle était ma fille chérie, ma raison de vivre, l'objet de toutes mes attentions. Son départ me replongeait aussi bien dans mes heures les plus noires que dans mes nuits les plus blanches. Son départ mettait à nu ce que je ne tardai pas à considérer comme l'immense vacuité de mon existence.

Je n'ai jamais été asservi par mes pulsions sexuelles. Jamais tenté, comme le chien de la fable de La Fontaine, de quitter la proie pour l'ombre. Mais l'absence de Jeanne a réveillé tout ce à quoi j'avais renoncé pour devenir père. Tous ces petits sacrifices qui ne se révèlent qu'une fois évanouie la divinité que l'on honorait à travers eux. Marie était plus absorbée que jamais, la presse avait déjà amorcé cette chute vertigineuse que plus rien n'arrêterait. Je commençais quant à moi à voir plus d'inconvénients que d'avantages à mes incessants voyages au sein de l'espace Schengen. Las de ces hôtels qui rivalisaient d'imagination pour malmener mon patronyme apparaissant sur l'écran télé de ma chambre, à peine en avais-je franchi le seuil. Marre de ces réunions d'information que j'animais, bardé d'un enthousiasme factice, le visage barré d'un immense sourire, quand bien même je savais déjà que les bureaux que je venais auditer seraient fermés un mois plus tard, car pas assez rentables. Ras-le-bol de rentrer à 22 heures, le ventre vide et le cœur sec, dans un appartement tout aussi vide, et triste. Je ne saurais comment l'expliquer et encore moins le justifier, mais c'est l'époque à laquelle j'ai commencé à regarder de nouveau les hommes. Sans l'avoir prémédité. Et en m'y prenant avec une infinie maladresse.

Et puis il y eut cette soirée de juin. Ce dîner qui promettait d'être aussi barbant que la vitrine de Noël d'un grand magasin, et qui fut aussi exaltant qu'une course en Motoscafi sur le Grand Canal de Venise. À tout le moins, un décor qui prédisposait à l'imprévu. Un balcon filant, d'immenses portes-fenêtres ouvertes sur la nuit, une poignée de balustres. Et toi.

Je n'ai pas bien compris pourquoi Marie a tant insisté pour que je l'y accompagne. À peine m'a-t-elle expliqué que le directeur de la communication de cet orfèvre parisien se montrait un peu trop entreprenant et lui adressait des e-mails qu'elle trouvait de plus en plus familiers. Marie avait horreur de cela. Eût-elle dû subir les assauts d'un bel Italien, elle aurait raffolé des mêmes messages électroniques. Peut-être même les aurait-elle trouvés un peu tièdes. Mais ce grand échalas dépourvu d'élégance, ce mécréant sans raffinement, ça l'encombrait. L'écœurait presque. Elle avait donc considéré que ma présence à ce dîner de presse aurait le mérite de mettre les choses au clair. Il verrait avec qui il rivalisait et « cela le calmerait forcément ». Théorie bancale. Elle n'eut pour mérite que de nous mettre en présence l'un de l'autre, toi et moi. Et ce, au moment même où ma vie me donnait l'impression de défiler sous mes yeux comme si le régulateur de vitesse en avait été trafiqué. J'ignore par quel miracle ou par quel hasard, par quelle chance ou par quelle coïncidence tu es apparu à cet instant précis sur le bord de la route, mais j'étais prêt à m'éjecter du bolide au péril de ma vie. Tu me pardonneras cette énième métaphore automobile, d'autant qu'elle n'est pas sans lien avec la fin de la soirée, lorsque nous avons pris place dans la voiture que son admirateur pas du tout secret avait mise à notre disposition. Marie s'est empressée de me demander qui tu étais. Pourquoi je ne vous avais pas présentés ? Micro-interrogatoire auquel je répondis avec le plus grand détachement, bien sûr. Car je savais ce qu'il trahissait en vérité : la jalousie naturelle de ma femme non pas à ton endroit, mais vis-à-vis de la situation elle-même. Tu étais la seule personne qui, au cours de la soirée, avait montré davantage d'intérêt pour moi que pour elle. Inutile de te préciser que si, par le plus mauvais des timings, tu avais envisagé de postuler le lendemain au sein de sa rédaction, l'accueil aurait été glacial. Mais l'hypocrisie bourgeoise n'a aucun intérêt à s'enferrer dans des drames par trop domestiques. À l'inverse de ma fille, qui se réjouissait de la moindre marque d'intérêt que l'on pouvait me porter, ma femme se sentait en détresse chaque fois qu'elle ne suscitait pas l'admiration ou l'adhésion la plus totale. Mais, rattrapée par sa vie trépidante, et comme elle n'avait aucun intérêt à s'abaisser à de trop terriennes et triviales turpitudes, elle oublia bien vite l'incident. Et posta un tweet ou une image sur Instagram.

10

De retour chez moi, je tentais d'abord de me convaincre que j'avais tout rêvé ou, tout du moins, monté en épingle. Je concevais aussitôt l'impossibilité matérielle de donner une quelconque suite à ce qui aurait tout aussi bien pu n'être qu'une sorte de badinage poli, de jeu courtois auquel tu t'adonnais quand un homme te plaisait. Enfin, je balayais le tout d'un revers de manche : j'étais marié, père de famille. J'étais surtout un homme perdu. Une soirée avait suffi à faire ressurgir un pan entier de ma vie, de ce passé bafoué, renié, enseveli. Une petite soirée et j'en étais à rallumer ce que j'avais cru éteint. Comment avais-je pu espérer être débarrassé de cette part de moi qui avait façonné toutes les autres ? Avais-je péché par naïveté ou par excès de confiance ? Avais-je espéré contrevenir à ce que mon être tout entier me criait à m'en percer les tympans et que, pour survivre à Franck, pour me survivre à moi-même, j'avais enfoui au plus profond ? Comment as-tu fait cela ? Ou est-ce moi ? Nous ? Rien ne me préparait à ce tourbillon de questions et de sentiments. Il y a des candidats permanents au frisson, à l'imprévu, à la légèreté. Je ne suis pas de ceux-là. J'étais installé dans ma vie à mémoire de forme, je l'avais bordée, apprivoisée, bridée. Tout était orchestré pour que, surtout, rien n'arrive. Jamais.

Pourquoi toi ? Tu n'as rien fait d'autre qu'être toi-même, qui disait la retenue et l'urgence, la pudeur et la force, l'envie et le silence. Je pressentais la chaleur de tes mains sur mon corps. J'avais envie de m'approcher, de te sentir, de te caresser, de te toucher, de t'agripper. L'un des rares privilèges de l'âge est de savoir isoler l'immanence de l'instant. J'avais alors 48 ans. Cet âge que l'on prétend si seyant et saillant. Alors qu'il n'est bien souvent que prémices à la plus indigne sanguignolence, aux douleurs lombaires, intestinales et testiculaires. J'avais 48 ans et je ne laisserai personne dire que c'est encore l'âge de tous les possibles. Car cette possibilité même est un leurre à qui se refuse autre chose que ce pour quoi il considère avoir été programmé. Un bon petit cheval, un bel étalon, puis un vieux canasson. Il est toujours trop tôt pour renoncer et trop tard pour pleurnicher. Mais comment allais-je m'y prendre ? Comment pouvais-je imaginer un seul instant qu'une seconde vie allait s'offrir à moi alors que je peinais déjà tant à habiter la première ? Il m'apparaît aujourd'hui que ma vie reposait sur l'attente. Le muet espoir qu'un jour tout ferait sens, sans même que je l'aie décidé ou anticipé. Chaque matin, face au reflet embrumé que me renvoyait le miroir de la salle de bains, il y avait, tapie dans les derniers relents de vapeur d'eau, cette illusion que la journée allait décider pour moi. De même que la météo décidait pour moi de ce que j'allais porter – coton, lin ou velours – il ne m'appartenait pas de choisir de quelle manière les choses allaient s'orchestrer. Je n'en conçois et n'en concevais aucun trouble, je le ressentais à peine, je crois. Quelques heures plus tard, la journée toucherait à sa fin. Elle allait s'accomplir sous mes yeux et il me reviendrait de prendre quelques menues décisions qui, de loin en loin, en influenceraient l'issue selon une proportion finalement assez réduite. L'essentiel m'en échapperait. Rendez-vous, réunions, déplacements : tout procédait d'une organisation au sein de laquelle je tenais une place précise, stratégique parfois, mais dont je ne pouvais me dissimuler à moi-même à quel point j'y étais interchangeable. Dispensable. Et, dans le même temps, je n'étais que cela. Cet élégant col blanc dont la carrière ne tenait qu'à un fil. Une mauvaise décision, une hésitation, un faux pas : en une nanoseconde le moindre incident aurait pu mettre un terme définitif à deux décennies de bons et loyaux services. En vérité, je n'avais de prise sur rien, sinon ma propre inexistence, mon enfermement, cette captivité maritale qui me tenait lieu de jambe d'échiffre, de jambe de bois aussi. De placebo.

11

Depuis que tu n'es plus là, Jeanne l'est davantage. Elle n'a pas percé le mystère du trou béant dans lequel je suis en train de sombrer, mais elle l'a sondé. Elle traque la confidence et me tend des perches en permanence. Et chaque heure qui passe, l'envie se fait plus grande de vider mon sac sur cette table où, accoudés, nous partageons un silence qu'elle seule parvient à briser de loin en loin. Mais quel père serais-je pour exiger de mon enfant qu'elle prête une oreille bienveillante à mes épanchements ? Ma propre adolescence m'a tenu si éloigné de l'intimité de mes parents qu'il m'a toujours été plus confortable de penser qu'une telle conversation n'aurait jamais lieu. Les choses se tasseraient avant même d'avoir été dites. Elles se fondraient peu à peu dans le décor. Voilà ce dont je m'étais persuadé. Je suis rattrapé par ma naïveté, par ma capacité à me raconter des histoires.

Oui, ton père aime les hommes, ma chérie. Oui, ton père a aimé, puis perdu les deux hommes qu'il aimait. Mais rien ne nous a préparés à avoir cette conversation, quand bien même elle était là, latente, planquée dans la pénombre depuis dix-neuf ans. Et puis, j'ai fini par me convaincre que, le jour où cela arriverait, nous serions trois. J'aurais tellement voulu que tu rencontres Xavier. Et pas au détour d'une allée sous la coupole du Grand Palais. J'imaginais de longues soirées au coin du feu. Des conversations à bâtons rompus, des fous rires, des engueulades aussi. J'imaginais toute une vie avec lui. Avec toi. Une vie où j'aurais continué à être ton père, où tu aurais continué à être ma fille, mais où il y aurait aussi eu Xavier. Alors que, maintenant, j'aurais juste l'impression de te demander de comprendre une chose qui n'a plus aucune réalité tangible.

12

Ce matin, sur le chemin du bureau, je me suis autorisé une pause en terrasse. Il faisait bon, Paris m'était moins insupportable que d'ordinaire, les touristes se faisaient plus discrets sur les trottoirs, la vie semblait un peu moins lourde. Quelque chose en moi s'était apaisé. Je pouvais observer la vie des autres sans en faire le terreau de ma propre souffrance. J'apprenais à t'aimer librement. J'avais envie de raconter notre histoire. Te ramener à la vie. Même si j'ai une pleine conscience de l'ineptie de ces mots. La douceur de l'air réveilla d'autres envies, aussi simples qu'inassouvies, comme passer un dernier week-end avec toi, loin de Paris. Cet instant engourdi où, sortis tôt de l'hôtel, le col remonté, nous nous serions mis en quête d'un endroit où petit-déjeuner, à Roscoff ou à Berlin, à New York ou à Bordeaux, peu importe. Ce moment où les prochaines quarante-huit heures sont autant de promesses : la visite d'un musée ou d'une exposition, la découverte d'une arrière-cour, nos mains qui se seraient frôlées en étudiant la carte du restaurant, une boutique où nous nous serions engouffrés, mi-hilares, mi-gênés, sous la pluie peut-être. Puis le retour à l'hôtel en fin d'après-midi, impatients de nous glisser sous les draps immaculés, jetant à terre l'armada d'oreillers. Je les rêve souvent ces week-ends. Ils me flagellent de leur simplicité, ils me transpercent de leur douceur.

Plus loin, sur la terrasse du café, s'est installé un couple de garçons. Ils ont 25 ans, un peu plus peut-être. Ils boivent leur café en se dévorant des yeux. Ils s'en foutent du regard des autres. Ils sont tout à eux. Ils sont plus forts que je ne l'ai jamais été. J'essaie de trouver dans leur courage celui qui m'a tant manqué avec toi. J'essaie, puis j'en conçois l'inutilité. Je ne sais que trop de quoi j'aurais l'air alors je ne fais rien, mais je meurs d'envie de les aborder, de leur dire à quel point ils me touchent. À quel point j'envie leur amour au grand jour. Mais à quoi bon ? Comment pourraient-ils comprendre que je me félicite d'assister au plus anodin des spectacles ? Je me garde donc bien de mettre ma menace à exécution. Pourquoi cette génération devrait-elle porter sur ses épaules la douleur de celles qui l'ont précédée ? La mort, la claustration, l'isolement, la maladie, les agressions, les provocations. Cette désinvolture, c'est ce qui rend cette liberté encore plus belle. Et c'est la force de ce couple. C'est la force de Jeanne. Cette génération a compris que la vie n'est pas faite pour fleurir les tombes de ceux que l'on a plus ou moins su aimer. L'amour n'est pas le cimetière de nos erreurs et de nos errances. J'appartiens à une génération que l'on a très tôt persuadée que tout devrait se faire dans la douleur. L'apprentissage serait long, rien ne serait simple. Tout se mériterait.

Je fais souvent ce rêve d'une route de campagne que j'empruntais à bicyclette lorsque j'étais adolescent. J'y pédale à folle allure. Je défie la pluie battante et risque à tout moment de voir mon vélo quitter l'enrobé pour s'abîmer dans le fossé. J'y suis jeune et téméraire, je brave la vitesse et les éléments, comme un contrepoint à celui que je suis devenu. Ce rêve vient me hanter comme un défi à ma lâcheté, comme un muet réquisitoire. J'ai toujours craint la vitesse. Elle ne m'a jamais grisé.

Depuis peu, tu apparais dans mon sommeil, au volant de ton cabriolet vert anglais. Tu me dépasses dans un virage et tu n'as aucun regard pour moi. Tout en toi dit l'assurance et l'insolence. Une drôle de morgue déforme ton visage, comme s'il était doublé d'un masque. Je pédale de plus belle mais ne parviens pas à te rattraper. Quelques virages plus loin, je devine au loin ton cabriolet qui a quitté la route pour terminer dans le bas-côté. Tu as réussi à t'en extraire mais le masque a déserté ton visage, qui ne dit plus que l'humiliation et la perte. Et le gamin que je suis est le premier spectateur de ta déconvenue. Tu refuses mon aide d'un simple regard. Alors je passe à côté de toi sans réduire mon allure, et c'est à mon tour de te toiser avec arrogance. Je me réveille trempé de sueur et de larmes, perdu, incapable de comprendre le sens de ces apparitions nocturnes. À quoi bon te croiser dans mes rêves si nous n'y sommes que des étrangers qui se dévisagent pour mieux s'ignorer ? Je n'ai plus qu'une idée en tête : quitter Paris, parcourir encore et encore cette route de campagne qui t'arrache à moi, me perdre dans de noires futaies, me noyer dans de profonds fossés, les jambes lourdes, l'âme détrempée, le cœur rincé, essoré.

13

Je sortais de réunion quand Laure m'a appelé sur mon téléphone portable. J'étais heureux de l'entendre. Elle aurait pu m'envoyer un simple SMS, mais elle avait fait le choix d'une vraie conversation. J'aurais aimé mériter l'amitié de cette fille capable d'affronter son chagrin et l'inconfort de ma présence avec une telle détermination.

— J'ai beau vous en vouloir, je sais aussi à quel point Xavier vous aimait. Alors, voilà. Sa mère m'a demandé si je voulais bien m'occuper du déménagement. Elle est perdue la pauvre. Elle n'a pas mis les pieds à Paris depuis son voyage de noces, elle n'a pas le permis de conduire, personne pour l'aider. Et je ne suis pas sûre qu'elle soit capable d'endurer une épreuve de plus. Trier les affaires de son fils, n'en parlons pas. Je l'ai eue au téléphone hier soir. Elle ne savait pas comment me le demander. Xavier avait dû lui dire que j'avais un double des clés. Et j'ai pensé que ce serait peut-être bien que l'on fasse ça tous les deux. Enfin, c'est peut-être idiot ?

Non, ce n'était pas idiot. Oui, bien sûr, je serais là. J'étais d'autant plus touché que cet appel avait dû lui coûter. Et elle m'offrait ça : la possibilité d'entrer une dernière fois dans ton appartement, même si c'était pour y affronter ton absence. Tant pis si elle faisait appel à moi pour d'autres raisons. Laure n'avait pas le permis et elle était toujours plus ou moins dans une mauvaise passe financière. Elle cherchait aussi et surtout un chauffeur prêt à payer la location et la caution d'un fourgon de déménagement. Mais ça, je m'en foutais. Oui, bien sûr, j'allais l'aider, nous allions nous aider.

— Tu veux que l'on fasse ça quand ?
— Ce week-end ce serait bien. J'ai parlé au propriétaire de l'appartement ce matin. Il a été vraiment bien au téléphone. Il aimait beaucoup Xavier. Il vit dans l'immeuble lui aussi, au troisième étage je crois. Peu importe. Ils discutaient souvent tous les deux. Il m'a dit que l'on pouvait prendre tout le temps nécessaire, mais je crois que c'est mieux pour tout le monde si on fait ça au plus vite. Plus on attendra, plus ce sera douloureux, pour moi en tout cas.

— Pour moi aussi. Et, je sais que c'est bête à dire, mais je suis content de le faire avec toi. Tu crois que tu arriveras à me tutoyer un jour ?

— Je devrais pouvoir y arriver. Mais ne t'attends pas à ce que je te tombe dans les bras.

En raccrochant, impossible de ne pas me remémorer notre premier dîner tous les trois. Tu étais rayonnant. Tellement heureux de voir ton petit monde enfin réuni. On s'est retrouvé dans un italien en haut de la rue des Martyrs. Laure nous attendait un verre de Negroni à la main. Ce n'était pas le premier. Ta cerbère était bien déterminée à comprendre ce que tu me trouvais et, dans le même temps, ce qui pouvait bien clocher chez moi. Je trouvais ça émouvant. Une vraie lionne. Pas agressive mais elle ne laissait rien passer. Piquante, juste ce qu'il fallait. — Ça va, Mathieu ? Pas trop chaud ? Pas trop compromettant comme endroit ? Un peu moins de lumière peut-être ? Garçon, vous pourriez réduire un peu l'intensité de l'éclairage pour Monsieur s'il vous plaît ? Il n'assume pas très bien d'être vu avec mon meilleur ami ici présent. Oui, le demi-dieu que vous voyez là. Allez comprendre !

— Tu y vas un peu fort, ma puce, non ?

— Quoi ? Alors on va passer la soirée à faire comme si de rien n'était ? OK, au temps pour moi. Bonsoir Mathieu. Laure, enchantée ! Italien, ça vous va ? C'est moi qui ai réservé. J'ai un faible pour le garçon derrière le bar, là. Craquant, non ? Un Negroni peut-être ? Ils font le meilleur de Paris ici, je ne sais ce qu'ils mettent dedans, mais c'est une tuerie. Je recommande chaudement ! Au fait, c'est vous qui invitez.

— Voilà, c'est Laure, je t'avais prévenu !

— Tu plaisantes, je suis en petite forme là. J'ai passé la journée à écrire et réécrire un communiqué de presse sans intérêt pour un client qui me paie au lance-pierre pour vanter la cuisine communicante, ça vous parle ? Moi ça m'épuise. Je finis par me demander si mes clients prennent le consommateur pour un imbécile fini ou s'ils croient vraiment à leurs histoires de frigo qui vous indique que vous allez bientôt être en rade de beurre ou que les radis sont en train de pourrir. Je dis ça, peut-être que Mathieu est un grand convaincu de la domotique ? Je ne voudrais vexer personne.

— Non, rassure-toi – on peut se tutoyer ? – je suis plutôt *oldschool*, j'en ai bien peur. J'ai la nostalgie des choses. J'aime notre époque, je la trouve passionnante à bien des égards mais j'ai parfois le sentiment de ne pas y appartenir tout à fait. Tu sais, un peu comme ces flashs qui te donnent l'impression de vivre l'instant et de le revivre dans le même temps ? On appelle ça la paramnésie je crois. Eh bien, j'ai souvent la sensation de regarder le même épisode une seconde fois.

— Waouh, trop fort ! Passer de Bergson au *binge watching* dans la même phrase, il fallait le faire. Bon, je ne promets rien pour le tutoiement, mais il nous faut définitivement nos trois Negroni pour commencer dignement ce dîner. Mon Xavier, tu ne dis rien, tu es avec nous ?

— Et comment ! Je ne suis même pas certain d'avoir faim : vous avoir tous les deux pour moi, ça me nourrit. Je suis tellement heureux que vous vous rencontriez enfin.

— Ne te réjouis pas trop, mon grand, quand même. Je ne voudrais pas jouer ma Cassandre de service mais je te rappelle que Monsieur va ensuite aller gentiment se coucher aux côtés de sa légitime. Marie, c'est bien ça ?

Elle avait beau chercher à me déstabiliser à chaque instant – et elle y parvint un peu –, je n'ai pu m'empêcher d'éprouver une affection immédiate pour cette fille qui était prête à tout pour toi. Elle prenait sans cesse ta défense, ne laissait pas passer la moindre occasion de glorifier ton talent, ton goût si sûr, ton regard si doux, ta discrétion, ta patience. J'étais forcément le sale type, le monstre qui te condamnait à dormir seul, à ressasser ta solitude comme on mâche un vieux chewing-gum à s'en échauffer les gencives, à s'en coller la migraine. Alors, oui, malgré l'épreuve, malgré l'immense douleur, la retrouver en bas de ton immeuble pour vider ton appartement était une évidence.

— Il me manque tellement. J'ai tant rêvé de ce jour où nous viendrions enfin vider cet appartement. Mais pas pour tout emmener chez sa mère. Pas sans lui. Ou alors pour lui faire la surprise… Je ne pourrai jamais te pardonner ce qu'il a enduré par ta faute.

— Laure, s'il te plaît, ne me demande pas d'avoir cette conversation avec toi maintenant. C'est au-dessus de mes forces.

Je me reprochais mot pour mot tous ses griefs. Qu'elle ne veuille pas entendre ma douleur, je pouvais le concevoir. Mais elle ne pouvait pas nier mon chagrin et faire comme si elle était la seule à t'avoir perdu. Nous allions vider cet appartement, nous allions transpirer, pleurer et peut-être même sourire. Il nous fallait garder nos forces.

Nous n'avons pas beaucoup souri en vérité. Laure était mutique. Nous déployions de concert les cartons double cannelure, en consolidions les angles et les interstices à grand renfort de scotch brun, puis y empilions méthodiquement tes livres, tes chaussures, ta vaisselle, tes chemises, tes magazines, tes pantalons. Nous démontions tout ce qui pouvait l'être, jetions ce qui nous semblait devoir l'être. Nous avons pleuré, mais chacun pour soi, sans tenter de nous consoler l'un l'autre ou chercher à dissimuler le chagrin qui irriguait nos joues et se mélangeait aux gouttes de sueur qui perlaient de nos aisselles, de nos fronts, de nos cous. Sans armure et sans haine. Vers 21 heures, ton studio, Laure et moi étions vides et lessivés. Le ventre et les yeux creusés par la faim, la fatigue et nos noires pensées. Nous avons glissé les clés dans la boîte aux lettres de ton propriétaire, comme Laure en était convenue avec lui.

Au moment où j'actionnais le hayon de la camionnette de location, c'est sans rancœur mais sans un regard que Laure m'a annoncé que c'était tout pour elle. Elle me laissait me charger du reste, elle n'irait pas jouer la comédie devant ta mère, je n'avais qu'à aller dormir quelques heures dans un hôtel de banlieue, comme bon me semblait, puis prendre la route de la Normandie. Celle que j'aurais dû emprunter avec toi, pour aller déguster un des bons petits plats en sauce de ma future belle-mère, par un beau dimanche de mai. Elle en a profité pour me dire que je ne faisais que lui rappeler à quel point j'avais foutu ta vie en l'air. Elle ne voulait plus jamais me revoir. J'ai acquiescé en silence. Je nous ai souhaité de trouver la paix. De nous pardonner. Parce que je la soupçonnais de s'être accaparé une part de ma culpabilité. Pas pour me soulager, non, mais parce qu'elle ne se pardonnait peut-être pas tout à fait de ne pas avoir su t'éloigner de moi.

La perspective de me retrouver face à ta mère me retournait le cœur. J'avais si peur de te revoir en elle, de déceler une quelconque ressemblance, de m'effondrer et confesser – trop tard – qui j'étais. Mais je n'avais pas le choix. Il me fallait avaler ces deux cents kilomètres de bitume pour affronter son visage. J'ai regardé Laure s'éloigner dans le rétroviseur, puis j'ai démarré tant bien que mal le moteur de ce fourgon blanc au ventre gonflé de meubles et de cartons. Le vieil autoradio s'est mis en branle, captant je ne sais quelle station FM jugeant bon de crachoter ces mots de Murat :

Dis ! As-tu Aimé chanter aime-moi ?
As-tu Aimé que se referment ses bras ?
As-tu Aimé poser ton cœur à l'intérieur d'un
* être heureux ?*

J'ai coupé court avant d'être englouti par les nappes synthétiques et la batterie catatonique, plongeant l'habitacle dans un silence mat. J'ai sorti de ma poche le flacon d'Eau Sauvage que j'y avais glissé quelques heures plus tôt, sans que Laure s'en aperçoive. J'en ai humé l'alcool, puis en ai imbibé les sièges qui puaient la sueur et le tabac froid. La procession pouvait débuter. J'ai filé en direction de Porte Maillot – les artères étaient désertes à cette heure-ci – au volant de mon corbillard blanc de location.

14

En sortant de la station-service où je m'étais ravitaillé sans conviction d'un sandwich triangle, la couleur du camion de location m'a soudain sauté aux yeux. Comme un amer rappel à l'ordre. Pour la seconde fois, le destin me mettait au volant d'un véhicule blanc pour me signifier ma prédisposition au malheur et au deuil. Comble de l'ironie, tu as toujours détesté le blanc : pantalons, draps, mobilier, voilages... Il n'y avait guère que les pivoines et les renoncules blanches qui trouvaient grâce à tes yeux, si possible rehaussées d'une pointe de rose. Tu en fleurissais ton appartement chaque fois que nous y passions le week-end. Et puis, bien sûr, les nappes et serviettes blanches et parfaitement amidonnées de ce restaurant du 7e arrondissement où nous dînions parfois, les soirs de semaine, avant de dérober une nuit à mon contrat d'homme marié :

— Tu dors avec moi ce soir ?

— Oui, mon homme, je suis tout à toi. Marie est à Londres jusqu'à demain. Tu n'as pas remarqué mon petit baluchon ?

— Si, mais comme tu n'as rien dit…

— Je voulais te faire la surprise. C'est bête, je sais.

Mais ces félicités passagères te renvoyaient autant au plaisir de l'instant qu'à la pleine conscience de leur péremption. Et comment ne pas te comprendre ? Comment ai-je ainsi pu t'imposer ma présence quand cela m'arrangeait, pour mieux t'en priver le reste du temps ? Est-ce ma lâcheté et cette inconstance qui t'ont tué ? Est-ce mon égoïsme qui a fini par te lasser et t'a fait lâcher prise dans ce virage bas-normand ? Au volant de mon corbillard blanc, sur cette autoroute pluvieuse et rectiligne, je ne peux m'empêcher de ressasser l'inconcevable, tes mains qui renoncent, ton regard qui se détourne, ton corps tout entier qui, peut-être, marque ce temps suffisant, et le contrôle de ta belle anglaise qui t'échappe. Les mains agrippées à ce cylindre de plastique gainé de skaï noir, je peine à ne pas défier le décor à mon tour. Je peine à refréner l'envie de te rejoindre. Mais non, pas comme ça, pas maintenant. Singer l'horreur de ta perte serait le pire des hommages. Une infâme parodie. Toutes ces âneries de vie après la mort, d'amants qui finissent forcément par se retrouver dans l'au-delà, sur fond de Max Richter, même ma fille n'y croit plus depuis le collège. Et puis, la seule idée de tes livres et de tes slips en vrac sur l'autoroute A13, ta vie souillée une seconde fois sur l'asphalte noir, le fait divers à répétition, l'ombre d'une malédiction, tu ne mérites vraiment pas ça. Et ta mère non plus, qui attend la scabreuse livraison et son improbable chauffeur.

J'ai passé la nuit sur une aire d'autoroute, près de Rouen. Impossible d'affronter la solitude d'une chambre d'hôtel. La télé pendue au mur. Les conversations à travers la cloison. Les familles dans la salle du petit-déjeuner.

Que va-t-elle penser de moi, qui débarque au petit matin avec ma cargaison de souvenirs et ma mine défaite ? Laure l'a-t-elle seulement prévenue ? Sait-elle que c'est moi qui vais sonner à sa porte dans quelques heures, dans ma chemise aux relents de transpiration et d'Eau Sauvage ? Moi qui aurais dû me tenir à ses côtés quelques semaines plus tôt, affrontant ton cercueil perché sur ses maigres tréteaux de sapin, cet autel que j'avais fait recouvrir de roses blanches, et le regard du curé qui ne savait trop qui plaindre, cet enfant volé à sa mère, cette mère à qui la vie n'aura décidément rien épargné, ni les kilos en trop, ni cette église trop grande pour vos deux carnets d'adresses réunis, ni les deuils, empilés les uns sur les autres.

Tu craignais le jour où il te faudrait affronter la vision de ta mère dans son cercueil. La vie t'a épargné ce spectacle pour mieux l'imposer à celle qui pensait avoir tout enduré mais n'était qu'à l'aube d'un chagrin qui ne la quittera plus. Ta « pauvre mère », comme tu l'appelais. Ta mère qui s'inquiétait de te savoir différent dans cette ville dont les rues façonnées par l'intolérance abîment tous ceux qui sortent un peu trop du rang. Ta mère qui n'en dormait plus lorsqu'elle t'imaginait tard dans les rues, avec tes manières un peu trop délicates. Saurais-tu seulement te défendre si tu te retrouvais nez à nez avec des voyous qui – non contents de t'arracher ta montre ou ton portefeuille – prendraient aussi un malin plaisir à te défigurer ? Ta vulnérabilité, c'est bien la seule chose qu'elle avait à te reprocher… Quand toi, tu t'inquiétais de son taux de cholestérol.

Tu ne parlais pas souvent de ta mère, hormis pour moquer ses petits travers, surjouer l'enfant prodigue et désinvolte. C'était moins douloureux et plus confortable que de regarder sa solitude en face. Mais tu l'appelais presque tous les soirs. Souvent pour l'engueuler, savoir ce qu'elle avait mangé, qui elle avait vu. C'était ta manière de lui demander comment elle allait. Tu te reprochais de l'avoir abandonnée entre ses quatre murs qui seraient bientôt quatre planches. Et elle ne faisait rien pour épargner ta culpabilité. Elle avait bien trop peur que tu n'oublies de l'appeler le lendemain. Tu la couvrais de cadeaux chaque fois que tu allais la voir, comme si son chagrin allait se laisser endormir par un plaid ou enivrer par un extrait de parfum.

— Tu crois à l'hérédité, toi ? Tu crois que l'on naît encombré de l'histoire de ses parents ? Ou que tout est à construire : l'intrigue, les personnages, le dénouement ?

— Une part de moi croit dur comme fer que l'on est toujours seul face à ce que la vie a à nous offrir et à nous prendre. Que l'on est condamné à tracer une route médiane entre celui que l'on pense être et les chemins de traverse que l'on découvre à mesure que l'on avance. Et une autre part de moi est persuadée que, pour connaître vraiment quelqu'un, on ne peut négliger l'enfant qu'il a été, ses peurs, ses doutes, ses rêves.

Tu ne sauras jamais à quel point je t'aime mon Xavier. Ni ce que j'aimais par-dessus tout chez toi. Ce qui te rendait si essentiel et si précieux. En t'observant, j'avais souvent l'impression de voir deux versions de toi se superposer. Cet enfant un peu apeuré qui défiait la vie comme il pouvait, qui la jaugeait, la regardait s'étaler à ses pieds et ne savait quoi en faire ni dans quel sens la prendre, mais qui pressentait que la matière était belle. Et puis, l'homme que tu étais devenu : affirmé, déterminé. Avec pourtant dans le regard ce doute, ce voile d'inquiétude.

— Et tu commences à le connaître un peu, ce gamin que j'ai été ? Tu le vois ?
— Bien sûr que je le vois. Je voudrais le rassurer, lui parler de l'homme merveilleux qu'il va devenir.
— Mais c'est à moi de panser mes plaies tout seul, je le sais. Je ne peux pas attendre de toi que tu me sauves.

J'étais sur le point de nous sauver, mon Xavier. J'allais enfin tout dire à Marie, te rejoindre, tout m'avouer aussi. Les pages ne demandaient qu'à se noircir de notre histoire, de nos projets, de nos rêves, de nos envies enfin assumées. Je croyais n'avoir jamais été aussi prêt de ma vie. Et elle ne m'a jamais semblé si hors de portée, alors que j'emprunte la bretelle de sortie qui me rapproche de ce garage humide où, avec ta mère, un voisin peut-être, nous empilerons tes affaires, les ensevelirons dans leurs cartons double cannelure. Et puis, une fois la lumière éteinte et la porte du garage refermée, ta mère me proposera de l'accompagner jusqu'au cimetière, où le tailleur de pierre n'aura pas encore eu le temps de graver ton nom sur la stèle en granit du caveau familial. Sur le chemin, elle crochètera furtivement mon avant-bras, calant sa chair potelée sur mon radius. J'observerai sa main à la fois inconnue et familière, ces bagues sans valeur que la chair enveloppe par endroits, comme la mousse recouvre les pierres dans les jardins japonais. Cette montre de mariage qui semble si petite à son poignet qu'on jurerait un modèle miniature dérobé à une poupée. Comme seule une mère sait d'autorité quel geste s'impose et soulage, elle avancera sans mollir, collée à moi, le regard masqué par ses lunettes aux verres fumés par les ultraviolets. Elle saura tout. Parce que les mères sont comme ça. Peut-être aussi parce que j'ai le visage ravagé, me diras-tu. Mais pas seulement. En poussant le portillon qui ouvre sur les allées gravillonnées du cimetière, elle me dira simplement : « Comme ça, la prochaine fois, vous saurez où le trouver. » On se recueillera longuement sur ta tombe. Je prendrai sur moi de ne pas m'effondrer et elle m'en sera reconnaissante.

15

Je sens encore sur ma peau le soleil de la plage de Livada. Mais sa caresse m'est devenue brûlure. Nous avions tant rêvé cette escapade d'une semaine dans notre bergerie quatre étoiles. C'est une amie photographe qui t'avait parlé de ce domaine perdu dans les reliefs rocailleux de Tinos. « Un vrai paradis pour des amoureux clandestins », m'avais-tu dit dans un sourire. Laetitia, une ancienne journaliste, s'était installée là quatre ans plus tôt, avec mari et enfants. Elle avait tout plaqué pour apprendre puis enseigner la poterie et ouvrir des chambres d'hôtes avec son mari. Il était d'origine grecque, je crois. Nous ne l'avons pas croisé une seule fois, il venait de se lancer dans la viticulture biodynamique, et passait ses journées à cureter, rogner ou ciseler ses rameaux. Nous n'avons pas croisé grand monde en vérité, hormis dans l'unique taverne du village dont la clientèle provenait à 90 % de la Rive Gauche. Le Parisien a l'art de débusquer le petit coin de paradis pour mieux le transformer en enfer surpeuplé l'espace d'un été. Nous n'y sommes allés qu'une fois. L'immersion germanopratine, très peu pour nous. À l'exception de notre rencontre inopinée avec Francis G., que tu as éconduit avec maestria. Je ne me souviens plus quel mensonge tu as inventé pour justifier notre présence. Une histoire de cousins je crois ? Le pire c'est qu'il t'a cru cet idiot ! Après cela, nous avons limité les expéditions au village. Dommage, la taverne servait une délicieuse salade de poulpe grillé. Et tu adorais la manière dont la tenancière annonçait le menu du jour, griffonné au stylo Bic sur un cahier d'écolier. Loin de Paris, loin de Marie, je baissais la garde. Je me laissais porter par ton sourire. Mais la dernière chose dont nous avions envie, c'était de nous retrouver à boire l'apéro avec un couple de la rue Cler, les entendre nous confier à quel point il revivait ici. « Tout est tellement simple, on mange comme des rois pour trois fois rien, les gens sont adorables… et il n'y a même pas la 4G, c'est formidable ! » Le soir, on les apercevait sur le port, leur téléphone portable en l'air, en quête du moindre signal provenant de l'île voisine.

Tu avais tout organisé : billets d'avion et de bateau, location de voiture, crèmes solaires, lectures. Tu m'avais emmené au supermarché le premier soir. J'avais un peu râlé pour le principe. « Allez, courage, on fait le plein maintenant, comme ça on sera débarrassé ! » Rien ne te coûtait. Tu étais du genre à faire des miracles avec trois tomates, quatre épices et un paquet de pâtes. Je te laissais faire, tout au plaisir de te voir courir derrière ton caddie et slalomer entre les étals. « C'est universel un supermarché : quand tu en connais un, tu les connais tous ! » Le quotidien ne te rebutait pas. Je découvrais ça. Cette capacité à muer un pensum en fête. C'est un vrai don. Tu avais préparé notre séjour comme un guide touristique, repéré les plus beaux sites, recensé toutes les plages de l'île. Tu savais à quel point l'esprit grégaire exerce tout son empire en période estivale. Il suffisait souvent de s'éloigner de quelques centaines de mètres d'une plage bondée pour découvrir une crique déserte, mille fois plus belle. Nous nous étendions nus au soleil, main dans la main, comme deux amants seuls au monde.

Le premier jour sur l'île, j'étais rongé par la culpabilité. J'avais le sentiment de mentir à la terre entière. À Marie et à Jeanne d'abord. J'avais inventé un déplacement en Amérique latine avec escales en Argentine, Honduras, Uruguay et Cuba, afin de me rendre parfaitement injoignable. J'avais dû prendre plus de vacances que d'habitude pour ne pas éveiller les soupçons de Marie, ce qui rendait la rentrée compliquée pour toute mon équipe. Et puis je te mentais à toi. Cette semaine ressemblait trop à un préambule. Un échantillon. « Voilà ce que va être notre vie, mon Amour. Ça te plaît ? » La vérité, c'est que j'ignorais ce que serait notre vie. Serais-je un jour capable de t'offrir autre chose que de rares escapades clandestines ? Je n'étais bon qu'à regarder ta peau brunir au soleil, tes joues rosir sous mes baisers et ton sexe se dresser entre mes mains. Et tu avais beau ne rien revendiquer de plus, nos corps ne réclamaient que cela. Deux jours avant notre départ, tu m'as emmené dans l'atelier où Laetitia enseignait la céramique. « J'ai réservé un cours de deux heures, juste pour essayer. Si ça nous plaît, on pourra revenir l'année prochaine et suivre un vrai stage pendant une semaine, qu'en dis-tu ? » Je ne parvenais pas à savoir qui tu essayais de convaincre. Ni comment tu nous avais présentés à cette jolie brune. La connaissais-tu plus que tu n'avais bien voulu l'admettre ? Était-ce l'un de tes petits subterfuges pour me soumettre au regard transperçant d'une copine qui t'enverrait ensuite des textos en cachette ? « Il est dingue de toi, c'est évident, il va la quitter sa femme : il est mûr. C'est juste une question de temps, sois patient. »

J'ai presque été soulagé. Tu étais le pire potier au monde. Tu ne pétrissais pas assez l'argile. Tu n'arrivais pas à contrôler la vitesse du tour, le bloc de terre ne cessait de se détacher de la plaque métallique. Tu t'impatientais. Tu transpirais. Il en est ressorti un cendrier informe. Il n'y aurait pas de stage poterie l'été suivant. Cet été.

Xavier

1

La main qui s'ankylose. Les freins qui lâchent. La direction peut-être. Je ne saurai jamais. Le taillis fonce sur la calandre de la voiture. Un arbre déchire la portière. Le rétroviseur, sectionné, se détache de la carrosserie et disparaît dans la pénombre. Pas de réverbère pour immortaliser la scène. Pas d'autre véhicule à l'horizon. Personne pour donner sa version des faits. Le pare-brise résiste d'abord un peu, puis se fissure lamentablement avant d'imploser comme un verre Duralex projeté sur le carrelage d'un réfectoire. La tôle commence à vriller, emportée par la violence du choc et l'inertie des mille soixante kilogrammes de ma MGF coloris vert anglais. La capote en tissu noir bientôt s'éventre plus qu'elle ne se déchire. L'autoradio continue de jouer encore un peu. Mais la voix androgyne qui murmurait un instant plus tôt à mon oreille « *Nothing's Gonna Hurt You*

Baby » à son tour se laisse gagner par le déraillement de l'ensemble. Tout à la violence du choc, mon roadster s'envole dans un premier tonneau auquel je ne survivrai pas, m'épargnant l'affront de la suite. Mon visage qui cogne sur l'habitacle, puis sur le tableau de bord, avant que la ceinture de sécurité ne cède. Mon corps éjecté, mes vêtements lacérés par ce qui reste du pare-brise, et mon être tout entier qui s'envole quelques secondes à peine pour rouler un peu plus loin, sur l'enrobé bitumineux damé de frais l'après-midi même par le personnel de la DDE.

Voilà.

Quelques secondes à peine et me voici face contre terre. Le regard et tout sourire éteints. Je n'aurai finalement pas eu à affronter ce qui m'a terrifié pendant quarante-trois ans, ce vertige de ne plus être maître de mon corps sculpté par la négligence. C'est une bucolique route de campagne bas-normande qui aura fait de moi un cadavre. À bien y réfléchir, je suis presque reconnaissant à l'obscurité, au manque de visibilité, à la route verglacée, à l'oubli du contrôle technique ou à l'usure asynchrone des pneus de m'avoir ainsi épargné un séjour longue durée dans le service cancérologie d'un CHU à l'architecture mussolinienne, aux ascenseurs fatigués, aux couloirs glacés et aux chambres surchauffées. Content de ne pas avoir eu à endurer les mines compatissantes de ces proches prêts à oblitérer un samedi après-midi par mois pour venir constater avec soulagement que ce n'est pas eux que la maladie a choisi de clouer à un lit tristement monogrammé, d'amaigrir, d'affaiblir et de plonger dans les noires pensées de ceux qui se savent regardés au passé.

Et parce que l'ironie se loge dans les détails les plus improbables, c'est à de triviales préoccupations administratives que je consacre mes ultimes connexions neuronales. Non pas comme une vaine tentative de m'élever *a posteriori* à de plus hautes vertus que celles qui auront gouverné ma vie, mais sans doute parce qu'en de telles circonstances il n'est pas si absurde de s'inquiéter des démarches que l'on va dès lors déléguer. Je prends conscience que je ne serai bientôt plus qu'un patronyme, un sexe, une date de naissance, un numéro INSEE répété à l'envi devant une infinie variété de guichets à hygiaphone : mairie, sécurité sociale, URSSAF, mutuelle, Internet et téléphonie mobile. J'imagine d'interminables files d'attente menant à de non moins interminables explications face à des fonctionnaires, stagiaires ou salariés à temps partiel qui, d'aussi bonne volonté soient-ils, finissent toujours par vous répondre qu'il manque un certificat, une signature ou, de manière plus ulcérante encore, « Désolé, il va falloir repasser quand ma collègue sera revenue de sa pause déjeuner ». Oui, c'est bien à cela que je consacre mes dernières errances mentales. Et à toi qui vas recevoir un appel d'un numéro inconnu sur ton téléphone portable entre 22 et 23 heures. Je présage que tu commenceras par pester contre François, ce collaborateur qui refuse de verrouiller son vieux smartphone avant de l'abandonner dans le fond de sa poche. Tu t'apercevras ensuite que c'est un autre numéro qui s'affiche sur ton écran à cristaux liquides. Tu hésiteras tout d'abord et préféreras privilégier la thèse de l'erreur ou du faux numéro. Tu tarderas à répondre, marquant ainsi une forme compréhensible de déni ou de temps gagné sur un après abyssal. Puis tu balaieras finalement de l'index le pictogramme vert pour murmurer un timide « Allô ? » qui trahira simultanément ton agacement d'avoir été dérangé pour rien et l'appréhension d'avoir à affronter un événement qui va engloutir ta vie tout entière.

À 22 h 30, Hervé L., brigadier d'astreinte à la gendarmerie d'Honfleur, reçoit l'appel d'un automobiliste traumatisé par le spectacle de mon corps au milieu de la chaussée. Le premier à avoir emprunté le tronçon de D513 où mon cabriolet aura rendu son dernier vrombissement. Il va falloir prendre sa déposition. Lui remonter un peu le moral aussi. S'assurer que tout va bien. Ce n'est pas forcément le genre de tâches où Hervé excelle. Mais il prend sur lui. Il se persuade qu'une petite tape dans le dos vaut tous les discours. Plus proche du minimum syndical que de la cellule de soutien psychologique. Il gère néanmoins le reste de main de maître. Il faut lui reconnaître ça. Soixante-sept minutes après mon funeste et fulgurant salto, la circulation est de nouveau autorisée sur cette portion de route. SAMU, société de dépannage, experts de tout crin : les habituels corps de métier se sont succédé dans un élégant ballet mortuaire. Seuls quelques éclats de verre et taches de sang brillent encore dans le faisceau des gyrophares. Voilà ce qui reste de moi et de mon précieux roadster sur le goudron encore luisant.

Les faits sont rapidement établis. Accident mortel, homme, la quarantaine, sortie de route au volant d'un cabriolet de marque anglaise, sur la route départementale D513. Bien malgré moi, j'ai engendré une réaction en chaîne impliquant pas moins de dix-huit véhicules, douze coups de téléphone et une bonne trentaine de personnes qui n'avaient pas prévu de passer une heure sur la D513, moteur à l'arrêt, en ce vendredi soir que rien ne prédestinait à être autre chose qu'une banale veille de week-end.

Quand la mort surgit ainsi dans un virage, nul ne songe à klaxonner, maugréer ou déplorer ce temps que l'on vous dérobe. À l'arrière des berlines règne un silence blanc. Les enfants abandonnent leurs téléphones portables dans le fond du siège. Ils veulent savoir ce qui se passe. Ils iraient bien jeter un œil si on les y autorisait. Devant, on se tait. On regarde dans le vide. On sait trop bien ce qui se passe. On aperçoit une silhouette barrée de bandes fluorescentes, une housse noire que l'on déploie. Les enfants n'ont plus très envie de s'approcher. Ils remettent leurs écouteurs en place et baissent de nouveau les yeux sur leurs téléphones. À quelques dizaines de mètres de là, trois pompiers volontaires, 25 ans à peine, procèdent au ramassage de mon corps sans vie. Je n'ai jamais compris où l'on puisait la force d'affronter ainsi sa peur de la mort au quotidien. J'ai foutu en l'air la soirée de ces trois gamins. Je les préférerais devant le miroir de leur salle de bains. Je les vois, en train d'ajuster le col de leur chemise ou de dompter un épi rebelle avant d'aller boire un verre dans un bar ou un club du coin. Voilà ce qu'on fait quand on a 25 ans. On ne ramasse pas des corps sur les routes départementales. On drague, on boit, on se chauffe. On bouffe la vie.

Avec mon obsession de ne jamais déranger, c'est tout un équilibre précaire qui vient de s'effondrer dans le silence de cette nuit d'automne. Parce qu'une part de moi a soudain trouvé judicieux de mettre en lumière des talents acrobatiques sous-exploités. Et j'entends déjà les relents de malveillance qui gâtent l'éloge funèbre. Les voix qui s'empressent de gloser sur une imprudente consultation de mon téléphone portable sur une route réputée dangereuse. J'en entends d'autres, plus mal intentionnées encore, qui évoquent une probable surconsommation d'alcool ou je ne sais quelle substance psychotrope. J'ai bien conscience de prêter ici une attention disproportionnée et un peu absurde au « qu'en-dira-t-on ». On ne se refait pas. J'aimerais périr tranquille, sans m'interroger sur l'état de propreté de mes sous-vêtements, la manière dont sera analysée ma dernière prise de parole sur les réseaux sociaux, la position de mon compte bancaire ou mon ultime conversation téléphonique avec ma mère. Mais je n'y parviens pas. Mon corps se gonfle d'une colère froide et d'un profond malaise. Je suis en train de mourir et je ne m'autorise pas le moindre répit. Jusqu'au bout, une invisible pression sociale a raison de tout le reste. Je sais exactement ce qui va se passer dans les prochaines minutes et les prochaines heures : mon corps va devenir raide comme un bout de bois, une expression pathétique va figer mon visage déjà ébranlé par la violence de l'impact. Mes sphincters vont piteusement se relâcher. Je préférerais ne pas y penser. J'aimerais m'abandonner à des considérations plus spirituelles. Existentielles peut-être. Non, je suis juste embourbé dans tout ce que je devrais me féliciter de fuir. Si je n'étais pas en train de mourir, je me tuerais volontiers d'avoir une réaction si pusillanime.

Et alors que mon corps se vide peu à peu de toute vie, je ne peux m'empêcher de ressasser ce triste souvenir d'un soir de l'été 2012. Quelques minutes avant de se jeter sous une rame de métro de la ligne 12, mon amie Yvonne D. avait posté ce message lapidaire sur son compte Facebook : « Je n'y arrive plus, pardon. » J'ai le sentiment que j'y arrivais plus ou moins bien. Je ne me lassais pas d'essayer. C'est à elle que j'espère alors naïvement pouvoir adresser mes dernières paroles, comme si – par un improbable ordre des choses – j'allais la croiser d'un instant à l'autre. Puisque c'est désormais un fait établi : je suis mort.

2

Il est environ 23 h 30 quand l'écran de ton téléphone portable s'allume sur une table basse que je peux seulement imaginer, puisque je n'ai jamais mis les pieds dans ton salon. Ton épouse s'est assoupie sur le canapé. Comme à ton habitude, lorsque tu passes de rares soirées chez toi, tu tues le temps et l'ennui en zappant d'une chaîne à l'autre. Peut-être y a-t-il un roman qui traîne sur la table basse du salon. Est-elle en verre, en bois, en marbre ? Je ne sais pas. Là encore, j'imagine. Le visage de ta femme n'est qu'à quelques centimètres du tien lorsque tu murmures « Allô ? » dans le micro de ton téléphone portable.

— Monsieur R. ?

— Oui...

— Bonsoir, désolé de vous déranger si tard. Brigadier L., gendarmerie d'Honfleur. Je me permets de vous contacter suite à un accident de la circulation qui vient de se produire sur la départementale D513, entre Trouville et Honfleur. Nous venons d'identifier le corps de Monsieur N. Son téléphone portable se trouvait à quelques mètres du véhicule et il était miraculeusement intact. Le téléphone, je veux dire. Nous sommes parvenus à le débloquer et utilisons les données dont nous disposons afin de prévenir ses proches. D'après la nature de vos derniers SMS, nous en avons déduit que vous étiez une des personnes à contacter. Mon collègue est en train de prévenir sa mère, puisque son père est décédé, d'après nos informations. Alors voilà, toutes mes condoléances. Nous ne disposons pour l'instant d'aucune piste quant aux circonstances de l'accident. Nous savons juste qu'il n'y a pas d'autre véhicule impliqué. Nous privilégions la thèse d'une perte de contrôle du véhicule. Une plaque de verglas peut-être. Monsieur N. est décédé sur le coup. Il n'a pas souffert.

« Je... Toutes mes condoléances, encore une fois. Pour ce qui est des démarches administratives, il revient à la famille de les effectuer. Je vous invite par conséquent à prendre contact avec Madame N., sa mère. C'est tout ce que je peux faire. Si vous n'avez pas de questions, il me reste à vous souhaiter bon courage.

Des questions, tu en as plein la tête. Mais à ce stade prévaut surtout une envie de vomir, de hurler et d'expectorer la douleur sourde qui vient de se loger au creux de ta gorge, mi-boule de feu, mi-botte d'aiguilles. Une douleur d'une fulgurance telle que tu te demandes d'abord si tu ne vas pas tout simplement t'évanouir. Un fourmillement s'empare de tes mains, un poids inouï s'abat sur ta cage thoracique, une nausée soulève ton estomac comme si tu étais sur le point de dégueuler tes tripes sur la table basse. Tu voudrais te débattre et frapper l'air comme un boxeur qui défie bêtement son adversaire à peine monté sur le ring. Mais le visage de ta femme repose sur tes cuisses : elle a pour ainsi dire annexé tes membres inférieurs. Et, cependant que ton corps bataille avec la douleur, tu t'aperçois que ta main droite a ressaisi la télécommande. Ton pouce passe d'un canal à l'autre. À ce moment précis, ta main droite t'évoque ni plus ni moins le corps de ce poulet décapité qui continuait, dans une chorégraphie absurde, à tracer d'invisibles cercles sur le sol maculé de sang de la basse-cour de ta grand-mère.

Tout à ta souffrance, le cerveau anesthésié, tu parviens à reprendre le pouvoir sur ta main et la télécommande, plongeant le salon dans un silence et une demi-obscurité que tu juges plus propices. Et, comme une dose de morphine qui parcourt le corps tout entier pour étourdir la souffrance, c'est une forme de paralysie qui s'empare de toi, transformant ton cerveau en un improbable gouvernail qui n'aurait plus aucun navire à barrer. Les lèvres de ta femme laissent sourdre un sifflotement qui te fait soudain horreur. Tes yeux errent d'un objet à l'autre, prenant conscience que tout ce qui t'entoure est une négation de mon existence même : cette lampe, cette bibliothèque ou cette table chinée avec ta femme lorsque vous vous êtes installés dans votre premier appartement rue Vieille-du-Temple. Ces six chaises parfaitement alignées, dont tu avais regretté l'acquisition sitôt après m'en avoir fait part. « Tu as acheté des contrefaçons sur un site Internet ? t'avais-je alors sermonné. Tu t'es pris pour un bobo de la rue Parmentier, mon amour, ou quoi ? Les bras m'en tombent. » C'est tout moi ça, en même temps. Des tentatives de dénigrement de tes choix décoratifs pour mieux digérer le fait que, plus le temps passait, moins il nous laissait envisager la probabilité qu'il y aurait un jour nos choix, notre salon, notre table ou notre lit. Moi qui vivais seul à 43 ans dans un petit appartement sans charme et sans coin repas. Dans un immeuble sans ascenseur et sans gardienne. Dans un quartier sans vie et sans boulangerie. Je ne trouvais rien de plus pertinent que de condamner – comme si ma vie en dépendait – que tu puisses cautionner la contrefaçon de mobilier « design » du XXe siècle. Alors que ma vie, en vérité, c'était juste d'être l'impuissant spectateur de la tienne. En quoi te savoir le cul sur une chaise authentifiée aurait rendu ma peine moins lourde ? Mais on aurait pu m'en faire mille fois la démonstration, je n'aurais même pas pris le temps de la nier, je l'aurais balayée d'un revers de manche, avec cette superbe dont j'étais le seul à ne pas voir à quel point elle n'était que le masque grotesque d'un paria se prenant pour une reine de Saba.

Ce n'est pas tout à fait un sourire qui vient entrouvrir tes lèvres au moment où tes yeux se posent sur ta table et tes chaises contrefaites. Plutôt un rictus, une contraction labiale dont tu sais qu'elle augure un premier clignement de l'œil et un léger picotement nasal. Suivront les premières larmes, puis un tonnerre, un torrent, un spasme, un étranglement. Ta cuisse, déjà, tremble. Le visage de ta femme, qui pèse de tout son poids sur tes membres inférieurs, marque comme une pause. Elle ne peut pas se réveiller maintenant. Tu n'es en rien préparé à cet affrontement alors même qu'aucune bouée ne peut te sauver de la noyade, de l'onde de choc dans laquelle ma mort accidentelle te plonge à cet instant précis, dans la touffeur de ton salon soudain trop bourgeois, trop parisien, trop parfait. Seul le souvenir de mes envolées acrimonieuses peut te maintenir à flot dans cet orage qui s'abat sur toi et ton canapé en lin froissé. Tout devient pathétique, convenu. Tu desserres le col de ta chemise, froissée elle aussi. Tu lèves les yeux au plafond, et là, dans ce silence que plus rien n'habite, sinon l'écho de la voix de ce gendarme bas-normand t'informant qu'il a lu ton dernier texto (« j'ai terriblement envie de ta bite en moi »), tu t'abandonnes sans autre préavis à un hurlement d'une puissance telle que le locataire du sixième étage et tes voisins de palier, se croisant dans l'escalier le lendemain matin, se confieront à demi-mot qu'ils ont cru à un meurtre.

3

Tout va ensuite très vite. Ta femme élève son visage hagard au niveau du tien, t'interroge du regard. Tu te lèves sans un mot, tu t'arraches du canapé et saisis ton manteau dans l'entrée. Tu es en chaussettes et dévales quatre à quatre les marches des cinq étages te séparant de la rue. Tu cours jusqu'au square Georges-Brassens. Tu tombes de tout ton long au pied du premier arbre venu. Tu t'écorches le genou, troues au passage ta chaussette droite. Tu laisses enfin ton corps expulser sa douleur, le visage enfoui dans les gravillons d'une allée plongée dans l'obscurité. Dans un mélange de larmes, de bave et de morve. Difficile de dire combien de temps tu restes là, prostré, incapable d'intimer un ordre quelconque à ton corps. Tu es mille fois mieux ici que dans ton canapé trop mou. Ici, tu peux enfin contempler tout ce que tu viens de perdre. Tout ce que tu as gâché, tout ce que tu as trahi. Un grand chelem. Sur la première marche du podium, toutes catégories confondues. Quel gâchis mon Amour, quel immense gâchis.

Ce matin encore, tu débarquais dans mon petit appartement, un kouglof à la main. Ton visage n'était qu'un immense sourire. Les bras et les yeux chargés de promesses, tu te déshabillais à la hâte avant de me rejoindre sous les draps. Sans autre préambule, tu te jetais sur ma queue. Ta présence seule transformait mon studio amélioré en palais. Ton rire claquait le long des vitres. Ton parfum prenait ses quartiers pour enivrer peu à peu la pièce tout entière. Plus tard, tu libérais le kouglof de son emballage de papier, des arômes de beurre et d'amandes grillées s'échappaient. Nous étions deux rois, heureux et repus.

Pour peu enviable que soit mon sort à présent, je te plains de toutes mes forces. Tu vas devoir continuer à vivre dans ton bel appartement bourgeois, avec ta femme délicieusement dépressive, tes week-ends sur l'île de Ré chez tes beaux-parents, tes déjeuners professionnels interminables, tes rares soirées « entre mecs ». Toutes ces obligations qui scandaient ta vie et te tenaient par là même éloigné de moi avec une cruauté métronomique. Tout ce qui rendait au reste du monde ton existence respectable et bien rangée. Cet emploi du temps, tu vas désormais devoir continuer à le respecter comme si tu avais toujours tout, alors que toi et moi savons que tu as tout perdu.

Ne va pas croire que je tiens là une quelconque revanche ou que je me réjouisse à l'idée de te voir traverser un tel désert. Il n'en est rien. D'abord parce que je suis mort, je m'en veux de le souligner avec emphase mais c'est désormais établi. Ensuite parce que je n'ai jamais pris le moindre plaisir à te voir souffrir. Il existe toujours un déséquilibre au sein d'un couple. Chacun investit à la mesure de ce qu'il peut donner, et j'ai été de manière assez systématique celui qui se trouvait du mauvais côté de la barrière. Aujourd'hui, je serais d'un optimisme confondant de naïveté si j'allais jusqu'à affirmer que les rôles retrouvent un semblant d'équité, j'ai néanmoins une chose pour moi : plus rien ne peut me faire souffrir. Et ce n'est pas le plus anodin des lots de consolation.

Mais, en ce vendredi soir qui nous colle l'étiquette d'amants maudits sur le front, je voudrais tant te serrer contre moi, sentir ton corps contre le mien une dernière fois, essuyer ton visage qu'une grimace de douleur a figé. J'aimerais pouvoir t'aider à affronter l'instant et le regard inquiet de ta femme quand tu vas franchir à nouveau le seuil de ton appartement. Comme lorsqu'à Tinos, la plus désertique des îles des Cyclades où nous passions l'unique semaine de vacances que nous ayons prise ensemble, nous sommes tombés nez à nez avec l'une de tes connaissances professionnelles dans une auberge qu'aucun guide touristique n'avait pourtant jamais jugé bon de répertorier. Au moment même où le type a fendu la foule pour t'aborder d'un tonitruant « C'est pas vrai, toi ici ? », mon pied nu a cessé d'aller et venir sur ton mollet. Puis, passé le sentiment d'une gêne incommensurable, c'est moi qui ai pris l'initiative de me lever d'un bond pour lui répondre à ta place : « Enchanté, Xavier, je suis le cousin de Mathieu. Je l'héberge quelques jours dans une ancienne bergerie que j'ai louée pour l'été. » Je tendis alors le bras et l'index dans la direction d'un hameau que nous avions traversé quelques minutes plus tôt, en quittant la plage de Livada. Plage où il aurait tout aussi bien pu nous surprendre, une heure plus tôt, main dans la main, yeux dans les yeux, une demi-molle entre les cuisses. Ce qui aurait rendu la thèse de la cousinade sensiblement moins vraisemblable. Mais il en fut toujours ainsi : pendant les vingt-six mois qu'aura duré notre histoire d'amour (je ne me résoudrai jamais à la qualifier de liaison), nous t'avons toujours préservé. Plus le contexte était connoté et la rencontre gênante, plus belle était la pirouette. Rétrospective Ryan McGinley, projection de *A Single Man* ou concert privé d'Antony & the Johnsons dans un club de la rue

Montmartre : je parvenais à fournir une explication plausible à ma présence à tes côtés à ceux qui formulaient, innocemment ou non, le souhait d'en savoir davantage sur « ton ami ». L'enjeu principal était de leur servir la version qu'ils avaient envie d'entendre. Rien de bien compliqué. De la même manière, j'aimerais composer le digicode de la porte de ton immeuble, puis appuyer sur la commande de l'ascenseur, prendre place à tes côtés dans la cabine, essuyer mes chaussures sur le paillasson, introduire la clé dans la serrure de cet appartement qui est le vôtre et, toute honte bue, toute vraisemblance évanouie, tendre une main ferme et volontaire à ta femme et improviser je ne sais quelle excuse bidon, prêt à me faire passer pour ton psy, ton ange gardien, ton cousin pourquoi pas ? Mais non, rien n'y fait : cette fois, c'est bel et bien dans tes propres réserves de mensonges qu'il va falloir puiser.

4

Sans doute parce que la nature même de notre relation me l'interdisait *de facto*, et aussi parce que je n'ai jamais été à une contradiction près, j'ai toujours nourri une fascination coupable pour la jalousie. Pour cette tension sournoise qu'elle convie au sein du couple. J'imagine que l'observation de son emprise sur mes propres parents m'a très tôt alerté sur les ravages qu'elle pouvait engendrer. J'ai néanmoins toujours pensé qu'elle avait un versant positif. Je lui prêtais quelques vertus, une prédisposition perverse à entretenir la « petite flamme ». Je la voyais aussi comme une forme de garde-fou, dans sa manière de soumettre l'autre à des règles précises. Je me suis donc d'abord étonné de l'aveuglement de Marie, de son refus d'enregistrer les nombreuses pièces à conviction que toute autre femme trompée aurait derechef transmises à son conseil juridique en prévision d'un ruineux divorce. Certes, je te pressentais des prédispositions à la dissimulation et me doutais que tu passais un temps considérable à couvrir tes arrières. Mais tout de même. Ne voyait-elle et ne sentait-elle *rien* ? Les odeurs, les rougeurs, les incohérences d'agenda, les coïncidences et les absences réitérées ? Mes interrogations s'envolèrent par un dimanche de désœuvrement et de piétinement de mon reste d'amour-propre. Tel un détective de pacotille, je vous avais observés à distance alors que vous déjeuniez en terrasse, square Trousseau. Car oui, il m'est arrivé de te suivre. Ne me juge pas. Et le spectacle auquel j'avais assisté ne m'avait pas vraiment plu. Rarement il m'avait été donné d'observer deux êtres que tout sépare à ce point. Ta femme vérifiait son téléphone portable comme si un alibi quelconque allait soudain la soustraire à ce brunch dominical. Et toi, tu prenais ton mal en patience, ostensiblement ailleurs. La tête en l'air. À aucun moment je n'ai perçu le moindre égard ou regard, la plus petite attention, la plus infime trace de complicité. J'assistais à une triste pièce de théâtre jouée par deux petits vieux qui se sont tout dit, figés dans une chorégraphie dont les rares mouvements étaient le verre soulevé par le coude, la fourchette qui force l'entrebâillement de la bouche, la serviette en coton qui recouvre le tout d'un blanc linceul. Votre acharnement à ne jamais regarder dans la même direction m'avait glacé le sang. J'avais alors cru comprendre pourquoi ta femme n'avait jamais émis le moindre soupçon ou mis en cause tes contretemps les plus flagrants. Vous aviez *de concert* creusé un insondable et confortable fossé entre vous. Accaparée par des questions bien plus cruciales (Faut-il louer sa robe de soirée ? Vivre écolo, est-ce possible ? Comment se débarrasser définitivement de la cellulite ?), ta femme n'avait guère le loisir de s'émouvoir d'autre chose. Un improbable équilibre s'était donc créé. Elle enseignait à ses lectrices l'art de gérer leur garde-robe, la couche d'ozone et leurs kilos en trop. Pendant ce temps-là, tu lui préférais mon lit, mes bras, mon cul.

Régnant sans concession sur son petit monde – journalistes, photographes, stylistes, maquettistes et secrétaires de rédaction – celle qui partage ta vie n'a ni le temps ni l'envie de se noyer dans des conjectures dont elle pressent qu'elles ne lui apporteront rien de bon. Alors, au moment où tu sors de l'ascenseur, tandis que tout en toi crie la perte, le chagrin et le deuil, elle t'accueille sur le pas de votre porte comme le ferait une mère qui se serait rongé les sangs pendant des heures et hésiterait entre réconfort et réprimande. Puis, elle préfère donner le change :

— Tu m'as fait une de ces peurs, ça ne va vraiment pas en ce moment... S'il te plaît, arrête de regarder ces horreurs sur Netflix, si tu ne supportes pas la vue du sang. Je ne comprends pas ton addiction à ces trucs hyperviolents. Lis un bon bouquin à la place, cela te détendra cent fois plus. Au pire, ça t'endormira. C'est d'ailleurs ce que je m'en vais faire de ce pas. Tu me rejoins au lit ? Tu as quand même une petite mine, tu sais. C'est un reste de jet-lag ? Prends un cachet de mélatonine : un de temps en temps, c'est très efficace et il n'y a aucune accoutumance. Édith – tu sais, la blogueuse santé que j'ai recrutée ? – a écrit un très bon papier là-dessus dans le dernier numéro. Tu devrais le lire.

5

C'était un jeudi soir. Un dîner organisé par un orfèvre de la rue Royale. J'y allais avec des pieds de plomb, plus ou moins mandaté par la régie publicitaire de l'un des magazines pour lesquels j'écrivais des chroniques sur l'actu « design », la rédactrice en chef ayant d'autres engagements. C'est à moi qu'il incombait d'enchaîner les coupes de champagne en discutant mercato avec celui ou celle que le hasard m'imposerait. Dans la plupart des cas, un confrère de la presse professionnelle ou économique que l'on estime forcément à des années-lumière du glamour et du rêve incarnés par le seul nom figurant sur le petit badge plastifié qu'une hôtesse a épinglé à la boutonnière de votre veste.

Pour cet oiseau rare qu'est la rédactrice en chef, ces dîners ne valent que par la perspective à peine voilée de soulager la marque hôtesse d'une part significative de son budget publicitaire. En l'espèce, décrocher la promesse d'une quatrième de couverture pouvait justifier le sacrifice de cette demi-mondanité aux yeux de Marie S., reine de la soirée. L'OJD venait de placer son magazine numéro un des ventes de la presse féminine tous segments confondus. Pour marquer cette consécration d'une pierre blanche, elle avait donc pris sur elle de venir accompagnée de son mari. Toi. Toi qui étais le premier surpris de ta présence en ces lieux, perdu dans cet aréopage de stylistes, rédactrices et rédacteurs plus apprêtés les uns que les autres. Ton uniforme de banquier indiquait que ta femme t'avait cueilli à la sortie du bureau et avait profité de son amitié avec l'attachée de presse en charge de l'événement, ou plus vraisemblablement, de sa position de force et sa manière connue de tous de faire ce que bon lui semblait, quand bon lui semblait.

Ce n'était pas tant mue par le besoin irrépressible de passer la soirée avec son mari qu'elle imposait ta présence ainsi qu'une recomposition chaotique du plan de table. Mais parce que son titre, sa position et sa réputation lui permettaient un tel caprice qui, pour être tout à fait significatif, se devait d'être annoncé à la dernière minute.

Autrement dit, d'un regard agacé à l'hôtesse postée à l'accueil.

Mais ce qui me frappa dès que mes yeux se posèrent sur toi, c'est la manière dont tu détonnais dans cet écrin compassé. À quel point rien de tout cela ne te concernait de près ou de loin. Ta femme ne s'en formalisait guère. Après t'avoir mis en orbite dans son univers, elle t'y livra aussitôt à toi-même. J'ignore ce qui m'a donné l'envie et le courage d'aller vers toi. Dans ces soirées confinées à la sphère professionnelle, il n'est jamais vraiment suspicieux d'entamer la conversation avec la personne qui fume une cigarette en même temps que vous sur le balcon. C'est plutôt l'inverse qui serait malvenu. Un peu comme lors d'un repas de famille où on ne snobe *a priori* aucun de ses cousins, si lointains soient-ils. Je savais que tu étais une pièce rapportée mais je pouvais faire appel à mes maigres talents de comédien pour t'aborder avec le plus grand naturel du monde. Tu m'as plu immédiatement. Sans même avoir à essayer de comprendre pourquoi. Sans espérer la moindre chose en retour. J'ai un don naturel pour m'imposer une situation d'échec et mettre en branle une vaste dynamique de l'impossible. Il était donc tout à fait logique que, dans une soirée peuplée de mecs portant leur homosexualité en bandoulière, je sois irrésistiblement attiré par un homme marié et aussi à l'aise dans mon milieu professionnel que moi face à une équation de niveau deux. C'est ainsi : j'ai toujours été mille fois plus séduit par les hommes qui ignorent l'effet que produit leur présence dans une pièce que par ceux qui opèrent une ostensible rotation à 360° pour s'assurer que leur charme n'a échappé à aucune de leurs proies potentielles. Je hais les poseurs, les beaux parleurs. J'aime les hommes qui plaisent malgré eux, par accident, sans y penser. Les hommes qui ne prennent pas de posture, n'escomptent pas produire un effet quelconque. Tu dégageais une forme d'assurance, mais elle ne faisait pas de toi un prédateur.

— Bonsoir, Xavier

— Mathieu, enchanté ! J'espère que vous n'allez pas me soumettre à la question et me demander si j'aime la collection. Je plaide coupable, j'ai d'abord eu envie de profiter de la vue. Il fait tellement chaud à l'intérieur !

— Je comprends. Ne vous inquiétez pas, vous ne perdez pas grand-chose. C'est juste une variation sur la collection qu'ils ont lancée l'année dernière. Ce n'est pas inintéressant, mais ce n'est pas la révolution non plus. Et puis, on en a un peu soupé des arabesques, non ?

— Je suis un imposteur. Mes connaissances en matière d'orfèvrerie sont proches du néant et j'ai déjà oublié le nom du designer. Ma femme me l'a pourtant répété trois fois dans la voiture. Vous n'allez pas me dénoncer j'espère ? Sinon, il va falloir que j'escalade la façade et que je disparaisse dans la nuit. Et je vous avoue que je n'ai pas trop le courage, d'autant que le champagne est à parfaite température.

— Je serai une tombe, vous pouvez compter sur ma discrétion.

Je savais que mon sourire trahissait un enthousiasme confinant à la béatitude. Que je devais commencer à piétiner comme une midinette, à fumer ma cigarette avec trop de nervosité, à rouler les yeux sans doute. Mais tu as eu la délicatesse de ne pas le remarquer ou de ne pas en faire cas. Nous avons discuté de tout et de rien, parce que c'est le seul moyen de faire connaissance sans trop se dévoiler. Tu m'as parlé de ton travail dans les ressources humaines : « Je sais, c'est beaucoup moins glamour que la presse féminine, mais, n'ayez crainte, c'est moins terrible que ça n'en a l'air. Il ne faut pas croire que tous les DRH sont des monstres assoiffés de sang qui poussent leurs employés au *burn out*. On peut faire ce métier pour des raisons un peu plus, disons, humanistes. Et puis, quand je suis en manque de faste et de dorure, je n'ai qu'à m'incruster dans l'une des soirées auxquelles mon épouse est conviée ! »

Je t'ai parlé de ma vie de pigiste, du prestige tout relatif de la chose, de certaines fins de mois, quand deux ou trois articles sur lesquels on a bossé sont reportés au numéro suivant et que l'on se demande comment on va bien pouvoir payer le loyer. Je n'essayais pas de t'apitoyer sur mon sort. En vérité, j'avais des piges fixes et j'étais assez prévoyant pour toujours avoir deux ou trois mois de loyer d'avance. J'essayais juste de te montrer que je n'étais dupe de rien, qu'on ne me la faisait pas, que les paillettes, très peu pour moi.

L'attachée de presse vint nous prévenir que « le dîner allait être servi ». Elle avait « pour lourde mission de réunir toute la petite troupe ». Le sourire était un peu trop minaudant et l'esprit de camaraderie un peu trop forcé. Mais nous la suivîmes de bon gré, laissant là les réverbères de la rue Royale, le ciel pâle de cette fin d'été et mon envie de te poser mille autres questions. Nous rejoignîmes comme de bons petits soldats l'ambiance feutrée du salon où la tablée n'attendait en effet plus que nous. Nous étions escortés par le regard riche de sous-entendus de Romain G., qui, quelques jours plus tard, à la faveur d'un autre cocktail, me glisserait, sur un ton mi-confident, mi-fielleux, « Sympa la soirée rue Royale, n'est-ce pas ? ».

Nous n'avons pas eu l'occasion de nous saluer quand la valse des taxis a essaimé la noble assemblée aux quatre coins de Paris et de sa proche banlieue. Mais, au cours du dîner, nos regards se sont croisés avec un peu plus d'intensité que les circonstances et ton statut d'homme marié n'auraient dû l'autoriser. J'en nourris malgré moi quelque improbable et diffus espoir. Un peu de jalousie aussi. Je m'emballe vite, tu le sais. J'aurais sans doute aimé te sentir davantage aux abois. Lire la supplique dans tes yeux. Mais non, tu t'en sortais très bien et n'avais nullement besoin de moi. Tu souriais, conversais et traversais la soirée avec beaucoup plus d'aplomb que je ne l'aurais fait au beau milieu d'un banquet de DRH.

6

Ta femme lit dans la chambre à coucher. Tes pas te mènent jusqu'à la salle de bains. Te voici sous une douche brûlante sans l'avoir préméditée. Lorsque tu étais gamin et que tes parents commençaient à hausser le ton, c'est là que tu te réfugiais, aguerri à leur rite immuable : remarque anodine suivie d'une pique amère, puis d'un torrent de reproches. Tu laissais couler l'eau jusqu'à ce que l'un ou l'autre quitte le champ de bataille, claque la porte de la chambre, se mure dans le silence de la cuisine ou du salon. Alors tu coupais l'eau, te séchais à la hâte et regagnais ta chambre, dans l'espoir d'y trouver le sommeil.

Emmitouflé dans ton peignoir en coton, tu passes devant la porte de la chambre et reconnais la respiration caractéristique de ta femme. Elle n'est pas allée au-delà d'une vingtaine de pages et la voici déjà endormie, bien au milieu du lit.

Tu vérifies l'heure sur ton téléphone portable, il est minuit quinze. Tu es seul au monde. Dépeuplé.

7

Les jours et les semaines qui suivirent notre rencontre, je consacrais une énergie désespérée à tenter de te recroiser par tous les moyens. Je faisais fi de l'adage selon lequel la foudre ne tombe jamais deux fois au même endroit. Je contrariais ma nature solitaire et hantais tout ce que Paris comptait d'événements mondains où ta femme aurait pu – cédant à un nouveau caprice dont je la pensais désormais capable – imposer ta présence affable et par moi tant désirée. Lancement d'un parfum, présentation d'une collection de joaillerie, test d'un coupé sport, inauguration, dédicace, et j'en passe. J'ai écumé les pires pince-fesses, les plus improbables raouts. Et soudain conçu avec une douloureuse acuité que l'épiphanie n'avait valu que par sa singularité. J'ai alors commencé à saisir ton nom présupposé sur tous les moteurs de recherche répertoriés. « Présupposé » car c'est bien à Marie que tout me ramenait et vers elle que tout convergeait. Portait-elle ton nom ? Était-elle d'ailleurs ta femme au sens le plus prosaïque du terme ou t'étais-tu présenté comme son époux par goût pour la concision ? Il me fallut quelques jours d'enquête pour répondre à ces questions. Vous étiez bel et bien passés devant Monsieur le Maire du 3e arrondissement, mais elle avait conservé son nom de jeune fille. Après avoir mis en puissance une somme considérable de paramètres et d'informations, je parvins à identifier ton état civil, ton année de naissance et même le nom de ton employeur. Pour me rendre compte que je n'avais, pour autant, pas avancé d'un millimètre. Allais-je me présenter à l'accueil de la société où tu officiais et prier le ou la standardiste de bien vouloir te prévenir que Xavier t'attendait en bas ? Et quel Xavier s'il vous plaît ? Ah oui, désolé, le Xavier de la rue Royale. Très chic, mais encore ? Eh bien, dites à Monsieur R. que nous nous sommes rencontrés avec sa femme à une présentation presse, que je suis tombé éperdument amoureux de lui à l'instant où je l'ai vu, que je ne dors plus, ne mange plus et bois comme un trou car seule l'ivresse soulage mon âme noire. Lyrisme échevelé. Romantisme perclus. Programme imparable. Succès garanti. Au mieux, le ou la standardiste éclate de rire et me demande avec qui j'ai rendez-vous et si j'ai vraiment rendez-vous. Au pire, il ou elle appelle la sécurité, qui me reconduit illico à la frontière. Quelques jours plus tard l'histoire te revient aux oreilles au détour d'une conversation près de la machine à café. Mais il est déjà trop tard, j'ai préféré quitter le pays à la hâte, pétri de honte et de chagrin.

Après avoir étudié l'organigramme de ta société, j'avais fini par identifier ton adresse mail. J'ai d'abord envisagé le message rapide, leste et amical. Puis une intense déclaration d'amour avec force effusion, promesse d'un avenir radieux et coordonnées GPS pour te permettre d'identifier le plus court chemin jusqu'à mon logis. À coup sûr, tu m'aurais catalogué comme un grand malade, alcoolique et érotomane, qui s'amourache du premier homme marié venu, pour peu que soient réunies quelques circonstances idoines : balcon parisien, serveurs en livrée, champagne et orfèvrerie Grand Siècle.

Autant dire que j'ai beaucoup perdu mon temps. Dans mes rêves les plus fous, je t'ai même imaginé en train de mener une enquête analogue pour me retrouver. Tu essayais de convaincre ta femme de te traîner à un quelconque cocktail pour y recroiser mon regard d'émeraude. Car, c'est évident, ton poste de DRH au sein d'une multinationale te laissait un temps libre considérable.

Bref, tout cela était stupide. J'étais d'une naïveté confondante, d'une bêtise crasse et sur le point de faire une croix sur toi. Tout en toi me plaisait, mais je n'allais pas non plus m'étioler dans l'attente d'une hypothétique seconde chance que le hasard, dans son infinie mansuétude, allait nous servir sur un plateau d'argent.

Trois jours après cet amer constat, cette préméditation d'abandon, tu m'es apparu sous la verrière du Grand Palais, dans les allées encombrées de la Biennale des Antiquaires. À ma droite, saisie par la beauté d'un « Paysage panoramique avec le retour du bétail au village » par Jan Bruegel le Vieux, une mégère botoxée prenait à partie quelques connaissances croisées au détour de l'allée. À peine consciente de la parodie d'elle-même qu'elle mettait ainsi en scène. « Quelle foule, on se croirait à Chantilly un jour de Grand Prix de Diane ! Résultat : j'ai perdu mon mari, mes enfants, mais nous évoluons dans le sublime, mes amis. » Pour éviter cette triste pantomime parisienne, je changeai d'allée dans un geste d'humeur, maugréai sans doute quelque amabilité du type « vieille saucisse » et tombai nez à nez avec toi, ton sourire, et Jeanne, ta fille de 19 ans.

Quand bien même je me serais entraîné chaque matin devant le petit miroir de ma salle de bains à mimer l'impromptu d'une rencontre fortuite.

Quand bien même j'aurais échelonné tout un spectre d'attitudes (de la nonchalance à l'enthousiasme démesuré), je n'aurais en rien pu anticiper ta présence, ta chaleur, l'intensité de ton regard, ce sourire qui illuminait ton visage. Je n'aurais en rien pu me préparer à cette autre vérité : c'est à ce moment précis que je suis tombé amoureux de toi. Ce que je n'avais alors que pressenti s'est abattu sur moi, m'a cloué sur place, coupé le souffle et les jambes. C'est à cet instant que j'ai compris que je n'étais ni stupide, ni naïf : tu avais toi aussi cherché à me retrouver. Je sentais les veines battre sur mes tempes, des picotements me parcourir l'échine, ma gorge s'assécher comme si la chaleur venait d'en aspirer méticuleusement toute la salive par capillarité. Je sentais à quel point tout commençait maintenant. C'est ici qu'il nous était donné de nous revoir. Sous cette nef surchauffée. Sous l'improbable égide d'un Cranach et d'un Bruegel. Dans un brouhaha surfait et auréolé de pâmoisons de surface. Dans ce temple de l'émerveillement mondain, nous étions les seuls à éprouver une émotion réelle. Sous le regard de ta fille dont j'ignorais l'existence cinq minutes plus tôt.

Tu me présentas comme un confrère de ta femme et entrepris de résumer notre rencontre rue Royale. Jeanne me gratifia d'un beau sourire auquel je prêtais peut-être plus d'intensité qu'il n'en contenait. Elle se dandinait sur la pointe de ses tennis d'un blanc immaculé. Elle me tendit la main, contrairement à son père, dont les bras semblaient juste être là pour le parfait équilibre de la silhouette, refusant de se tendre alors qu'ils voulaient tant étreindre.

Sans doute par politesse, ta fille disparut aussitôt vers le stand le plus proche, admirant une rare série de masques venus d'Angola je crois.
— Elle est très belle.
— Elle tient beaucoup de sa mère.
— Je vous trouve injuste avec vous-même.
— Rassurez-vous, je préfère qu'elle ait le nez et les jambes de sa mère ! Si j'avais eu un garçon, je tiendrais sans doute un autre discours. Et cela ne m'empêche pas d'être très fier d'elle. Elle vient d'entrer aux Arts décoratifs. Ce qui explique notre présence ici.
— Et moi, je suis censé faire un compte rendu décalé de la Biennale et le rendre à ma chef de rubriques demain matin. Elle est tombée malade hier. J'ai remarqué que les gens tombaient souvent malades le vendredi ou le samedi, surtout quand il y a un événement à couvrir le dimanche. Le hasard sans doute ?
— Cela nous aura permis de nous revoir.
Je crois t'avoir répondu « c'était assez inespéré » ou, pire encore, « c'était inespéré ». Je sais

juste que je regrettai aussitôt l'encombrante gravité que ma réponse invitait dans une conversation jusqu'ici informelle. J'aurais aussi bien pu te dire : « je vous ai cherché dans tout Paris », la mise à nu n'eût pas été plus intégrale. Ce dont je suis certain, c'est que je sentis le rouge me monter aux joues.

— Je vous ai cherché l'autre soir avant de partir mais vous aviez disparu. Ma femme était souffrante et nous nous sommes éclipsés un peu vite. Cela ne lui ressemble pas, c'est une grande professionnelle vous savez. Mais elle ne s'économise pas et le paie parfois. J'ai beau la supplier de se ménager, de déléguer davantage, elle n'écoute que sa déontologie. Beaucoup moins son mari !

Tu t'interrompis.

— Xavier, j'étais ravi de notre conversation sur ce balcon.

— Moi aussi, Mathieu.

Il n'y avait rien d'anodin dans cette manière de prononcer nos prénoms respectifs, comme une intimité échafaudée à la hâte entre deux allées, mais je pressentais que la situation ne se prêtait guère à davantage. Ta fille menaçait de reparaître à tout moment et, bien que déstabilisé par ton sourire sans artifice et ta voix dénuée de toute stratégie, je saisis l'instant au vol pour te tendre ma carte de visite :

— Nous n'avons pas eu le temps l'autre soir. Je…

— Merci, tranchas-tu en plongeant ton regard dans le mien.

Nous savions tous deux pertinemment que ce sésame était celui que nous espérions de toutes nos forces.

Plus tard, tu m'avoueras t'être livré à la même quête. Tu me confieras comment tu m'as cherché tout en craignant de me retrouver. Comment tu as eu peur de t'être raconté des histoires, peur de voir s'effondrer ce qui n'était pourtant qu'ébauché. Comme ces tours qui, par une simple pression sur un minuscule bouton rouge, s'ébranlent et s'affaissent sur elles-mêmes et semblent engloutir leurs plus infimes résidus. Peur de réaliser à quel point cette vie n'était depuis longtemps plus la tienne.

8

J'ai beaucoup rêvé à la suite de notre histoire. J'ai laissé mille désirs m'envahir et très vite renoncé à leur résister. Je n'étais pas préparé à toi, à tout ce que mon esprit nourrirait d'envies, de fantasmes aussi. Et j'avais beau me dire que je ne devais pas t'attendre, je n'en maudissais pas moins ton silence, plus de dix jours après notre rencontre sous la verrière du Grand Palais. Tu ne m'avais ni appelé, ni contacté d'aucune manière. Tu avais besoin de temps. Je ne savais pas quoi penser de cette vision de toi en costume de papa, de cette promenade dominicale avec ta fille. Jeanne. Jeanne qui admire des masques africains à la Biennale des Antiquaires. Jeanne qui s'éclipse avec délicatesse et discrétion lorsque son père croise par hasard une connaissance dans les allées du Grand Palais. Jeanne qui préfère de loin la compagnie de son père à celle de sa mère, trop snobe, pas disponible, agoraphobe, en plein bouclage de son prochain numéro ? Jeanne et son père qui partagent le goût des belles choses ? Jeanne et sa mère qui se sont encore disputées ? À cause d'un garçon peut-être ? Ou parce que l'idéalisme un peu foutraque de l'une ne supporte pas le cynisme un peu trop bourgeois de l'autre ? Jeanne qui adore son père et voudrait le voir plus heureux avec quelqu'un de plus aimant, moins autocentré. Quelqu'un qui saurait rire de tout et rire d'un rien. Quelqu'un qui verrait que son père n'est pas qu'un triste bureaucrate encravaté, mais un homme doux, drôle et attentionné, qui rêve de week-ends à la campagne, de balades sur la plage, de plateaux de fruits de mer et de blanc sec, de feux de bois et de mousse au chocolat maison. Jeanne qui a quitté l'appartement familial dès qu'elle a eu son bac en poche. « Papa, je t'aime, mais je ne la supporte plus. Elle m'infantilise en permanence et ne cherche qu'à me convertir à son mode de pensée bourgeois, son petit monde où tout est parfait, où la moindre mèche de cheveux doit être domptée, le moindre faux pli repassé, la moindre imperfection photoshopée. Je n'ai jamais voulu lui ressembler. J'ai déjà hérité de son nez, ça me suffit, crois-moi ! Qu'elle n'attende pas de moi que je sois son gentil petit clone. » Ta fille qui, à ton grand dam, a quitté sa chambre d'ado il y a un peu plus d'un an maintenant, préférant cohabiter dans un taudis mal chauffé du 19e arrondissement avec ses deux meilleures copines. « Ce n'est pas contre toi, papa. Il faut que je m'assume, que je coupe le cordon, que je m'émancipe de maman, de sa vision de ce que devrait être ma vie. J'ai trouvé un petit boulot pour financer ma part du loyer et remplir le frigo. Tu m'aideras si j'ai des fins de mois difficiles, mon papa ? »

Bien sûr qu'il t'aidera, Jeanne. Tu ne te rends pas compte, Jeanne. Tu es le fil qui a maintenu ton père en vie pendant ces dix-neuf dernières années. Sans toi, il se serait effondré cent fois, mille fois, aurait tout plaqué, tout envoyé balader. Lui qui a tant besoin d'être aimé, consolé, épaulé.

D'accord, je me raconte sans doute un peu trop d'histoires. Je suis même sans doute à côté de la plaque. Ta femme était juste un peu plus loin, tombée en admiration devant un sautoir en aigue-marine sur le stand d'un joaillier, sous la même nef du Grand Palais. Vous étiez peut-être en train de passer un agréable dimanche en famille. Un peu plus tard, vous alliez grimper de concert dans un taxi, commander de quoi dîner, vous blottir les uns contre les autres dans votre canapé en lin froissé. Peut-être devant un film en noir et blanc avec Katharine Hepburn ou Rita Hayworth. Comment le saurais-je ? Quand tout m'invite à gloser *ad libitum* sur ce « Je vous ai cherché ». Et pourquoi m'as-tu cherché d'abord ? Parce que tu es un homme bien élevé ? Parce que nous évoluons dans un monde policé où l'on se doit de prendre congé dans les règles ? « Au revoir, Monsieur, ce fut un plaisir. À bientôt peut-être. » Ou parce que, tu le sais – et ne vois-je rien venir ? –, très bientôt tu vas tout envoyer promener : ce boulot qui t'étouffe, cette cravate qui te serre et ce canapé en lin froissé qui te gratte ? Parce que tu m'attendais, parce que tu m'as toujours cherché. Parce que c'est évident tout ça, au fond. Pourquoi lutter ?

On ne choisit pas de tomber amoureux. Pas plus qu'on ne choisit de désaimer. On ne choisit pas grand-chose finalement. Ni l'endroit où l'on voit le jour, ni la nuit où la vie vous prend de court. On choisit juste de se laisser porter ou de décliner poliment l'offre. « Non merci, je ne suis pas intéressé. J'ai déjà donné. Je n'ai pas le temps de vous parler, désolé. » J'ai accepté l'attente et n'avais donc d'autre choix que de la faire mienne, de m'en repaître comme d'une interminable mise en bouche. Un préliminaire. Une promesse. Ton « Je vous ai cherché » signifiait en fait que nous n'allions pas nous trouver tout de suite. Il faudrait du temps. Il fallait que je comprenne. Parfois la vie est un peu moins tragique qu'une chanson de Scott Walker.

À peine avais-je tourné les talons, sous cette verrière suffocante, que Jeanne quitta sa robe de petite fille modèle pour redevenir la jeune femme qu'elle était en vérité. Elle te rejoignit un peu plus loin sur l'allée, interrompit sans ménagement ta douce rêverie en t'agrippant le bras :

— Trop canon ce Xavier !

— Tu le trouves à ton goût ? Je croyais que, passé 25 ans, on était rangé dans la case « vieux beau » ?

— Ça ne m'empêche pas de le trouver trop « *cute* ». Mais bon, c'est toujours la même histoire, quand ils sont beaux comme ça, ils sont passés du côté obscur.

— Je ne comprends pas…

— Tu n'as pas vu comment il te dévorait des yeux, sérieux ? Ma main à couper que ce garçon n'est pas très sensible aux charmes féminins. Ça se voit comme le nez au milieu de la figure.

— Tu dis n'importe quoi, ma fille…

Dans une vaine tentative de couper court au trouble dans lequel te précipitait cette apologie que ta fille faisait de moi, tu bifurquas sans autre procès vers le stand d'une galerie moderniste et te plongeas dans la contemplation d'un fauteuil ou d'une chaise, tu ne sais plus très bien. Alors que tu en effleurais mécaniquement le cannage, tu pris le temps de savourer les paroles de ta fille. Ma délicatesse. Ma douceur. Ma gestuelle. Comment avait-elle pu ressentir tout ça en une poignée de main et de secondes ? Cette génération était-elle à ce point douée d'un sens de l'observation digne du scanner d'une caisse de supermarché, capable de tout enregistrer d'un regard distrait ? Avait-elle, de la même manière, lu ton trouble ? N'était-elle pas simplement ravie de voir que son père plaisait, fût-ce à un autre homme ? À ce stade, tu n'espérais qu'une chose : qu'elle ne relate pas cet épisode devant sa mère lorsque vous la retrouveriez tout à l'heure. Tu n'étais pas certain que ta mâle assurance puisse survivre à deux flots consécutifs d'insinuations… Et le second promettait d'être moins complice que le premier. Jeanne ne mentionna guère notre rencontre fortuite lorsque vous avez rejoint ta femme sous les lustres éclatants du tapageur Café Berkeley. Elle but son chocolat chaud avec l'avidité d'un petit veau à peine sevré – paradoxe de l'âge – et se contenta sans malice ni menace de vanter à sa mère la beauté des statues africaines qu'elle avait admirées, pendant que tu flânais dans les allées, sous les tilleuls verts de la promenade.

9

Je ne t'ai pas encore décrit. Est-ce important ?

10

Je ne suis pas un aventurier. Je n'ai pas de courage. Pas de talent caché. Pas le goût du risque. Pas d'envie particulière de me dépasser, d'épater ou d'en découdre. Je suis toujours surpris d'éveiller ne serait-ce qu'un soupçon de curiosité. Cela ne m'empêche pas d'espérer. Mais espérer est une autre chose. Un autre jour. Une autre fois. Cette autre fois m'est tombée dessus au moment où je m'y attendais le moins. J'avais quitté Paris quelques jours, le temps d'un week-end bas-normand, taraudé par une envie de bons petits plats un peu trop riches, de draps qui sentent bon l'assouplissant, de réveils en douceur. J'étais chez ma mère. Ma pauvre mère.

Nicole N., née B., 63 ans, employée municipale à Équemauville. Ma mère. Une force de la nature dans une version contrariée, édulcorée. Grande gueule de salon, toujours prompte à éructer des « Si je m'étais écoutée, crois bien que » ou des autres « j'étais à deux doigts de ». Mais, en vérité, c'est bel et bien d'elle que j'avais hérité, maturé et peaufiné ma douce propension à l'effacement. Conscients de cette profonde injustice qu'était le monde dans lequel nous vivions, nous n'avions pas notre égal pour y excuser notre présence de mille manières. Incapables d'imaginer que notre compagnie pouvait être agréable ou désirable. Il nous était plus confortable de passer de longues soirées à regarder le monde à travers les pages d'un magazine, les basses, puis hautes fréquences d'une émission radio. Parfois la télé, mais toujours en sourdine. Maman. Je n'ose t'imaginer dans ta cuisine à l'heure qu'il est. Ni les sombres pensées qui te laminent le cœur. Je n'ai pas voulu partir, tu sais. Je ne suis pas mon père. Jamais je ne t'aurais fait une chose pareille. Je sais trop bien ce que tu as enduré.

Trente ans et trente kilos plus tôt, tu ne pouvais pas aller faire ton marché sans te faire emmerder par le primeur, le charcutier ou le rempailleur de chaises. À croire que tous ces types n'avaient jamais vu une femme de leur vie. Que la leur n'était qu'une décoration de salon. Une planche d'anatomie. Une plante de concierge. C'est sur toi qu'ils posaient leurs yeux jaunes, masquant à peine leur excitation quand tu paraissais à proximité de leur étal, pourtant emmitouflée dans ton lourd manteau de laine gris, été comme hiver, pour que l'on n'aille pas s'imaginer que tu faisais exprès, que tu provoquais, que tu aguichais. Mon père n'était pas le dernier à s'émouvoir de ta ligne. Sauf qu'à ses yeux tu étais toujours trop belle, trop apprêtée, tu cachais quelque chose. Il y avait anguille sous roche. Il en devenait dingue. On connaît la suite. Du haut de mes 11 ans, j'avais beau lui crier d'arrêter, de te laisser en paix, il ne voulait rien entendre. Tu étais une traînée. Pas étonnant qu'on te reluque le cul comme ça. Et c'est quoi cette coiffure ? Ma pauvre mère. Toi qui préparais ta monnaie à l'avance pour écourter ton calvaire, toi qui crevais de chaud sous ton paletot pourvu qu'on te laisse tranquille. Rien n'y faisait. Tu t'es bien vengée depuis. Plus besoin de manteau, c'est sous une épaisse couche de bourrelets que tu te protèges dorénavant du regard des autres. L'idée saugrenue, quoique bigrement efficace, t'en était venue après avoir entendu ces mêmes marchands de malheur et de quatre-saisons ricaner au passage d'une femme un peu trop enveloppée à leur goût. Les rondeurs les dégoûtaient. Qu'à cela ne tienne. Tu allais te défendre à coups de saucisse sèche, te venger sur la baguette, te plonger dans le pot-au-feu, te vautrer dans la crème caramel et t'immerger dans une myriade de petits gâteaux secs. Six mois plus tard, tes premiers efforts commençaient à porter leurs fruits. Tu t'étais épaissie de cinq bons kilos. Un an plus tard, ton manteau ne parvenait plus à emprisonner tes seins lourds, dont ton estomac lui-même ne parvenait plus à contenir l'inertie naturelle. Deux melons d'eau sur un océan de riz au lait. Plus tu grossissais, plus tu disparaissais. Je n'irai pas jusqu'à prêter une conscience à ceux qui t'avaient menée trente kilos plus loin. Mais ils eurent dès lors la décence de t'épargner leurs remarques graveleuses, eussent-elles dû désormais porter sur ton incapacité à trouver un manteau à ta taille plutôt que sur feu ta taille de guêpe. Mon père ne s'en est jamais remis. Tu lui faisais honte. Tu étais plus grosse que la plus grosse des grosses vaches. Avec moi qui adoptais peu à peu une panoplie exotique à base de jeans neige, de cravate en cuir bleu électrique et avais une fâcheuse tendance à me laisser pousser la mèche et à la décolorer à l'eau oxygénée, nous nous vîmes attribuer les doux sobriquets de « vieille baleine » et de « sale petite tarlouze ». Ce qui nous rendit la chose plus supportable quand il appuya sur la gâchette de son fusil, le quillon dans l'axe de son muscle sterno-hyoïdien. Même si je conçus quelques griefs contre lui les jours qui suivirent, lorsque je récoltai un à un les menus morceaux de sa cervelle d'alcoolique dégénéré sur le siège en bois de ma balançoire.

Si je donne l'impression de me remémorer cette enfance cassée en deux avec une forme inquiétante de légèreté, ce n'est pas pour donner le change. En vérité, cette prédisposition atavique à embrasser le sort peu enviable de la *maumariée* m'a longtemps paralysé. Et il y a fort à parier que la fébrilité avec laquelle j'attendais un signe de toi ne devait pas être étrangère à l'expérience de couple qu'il m'a été donné d'observer jusqu'à l'âge de 13 ans, quand mon père s'est fait sauter le caisson. Invariable relent et nauséeux karma qui finissaient toujours par remonter à la surface lors de mes séjours – par ailleurs fort nourrissants et diablement régressifs – chez ma mère.

11

Xavier,

Je vous écris de Toronto. Je suis arrivé à l'hôtel il y a quelques minutes. Une heure peut-être. Je suis là jusqu'à la fin de la semaine. Un problème à régler avec un partenaire. Une société que nous venons de racheter. Je n'ai pas été tout à fait honnête avec vous. Je ne travaille pas vraiment dans les RH, c'est un peu plus compliqué que cela. Mais rien d'illégal, c'est promis ! Peut-être en reparlerons-nous un jour…

Le comprendrez-vous, vous écrire d'ici m'est moins douloureux. La distance sans doute. L'éloignement m'est plus confortable. Même si les mots viennent moins facilement que prévu. Par où commencer ? Nous savons si peu de choses l'un de l'autre. Et j'ai beau avoir ce sentiment confus que nous souhaitons tous les deux en savoir plus, cela ne m'aide pas à trouver par où commencer. Comment vous écrire ce que je ressens depuis notre rencontre rue Royale ? Suis-je en train de me leurrer ou avons-nous pris le même plaisir à nous revoir au Grand Palais ? Vous croiser m'a tellement pris au dépourvu. Je crois que Jeanne a lu en moi comme dans un livre ouvert. Je me suis soudain senti si nu, si adolescent, si vulnérable. Ai-je tout imaginé, Xavier ? J'ai l'impression de n'avoir fait que vous chercher depuis ce soir d'été. J'ai l'impression que tout prend sens et, pourtant, je suis terrifié. Un peu perdu aussi. Pardonnez ma maladresse. Et répondez-moi si vous le pouvez ou si vous en avez l'envie.

Mathieu

*

Cher Mathieu,

Quelle étrange sensation. Vous savoir à 6 000 km de moi, en train de m'écrire ces mots, vous rend plus proche que jamais. J'espère ne pas me ridiculiser à vos yeux si je vous confie que je me suis réfugié chez ma mère, en Normandie. C'est un peu grotesque, non ? Et beaucoup moins exotique que Toronto ! Mais je n'en pouvais plus de vous chercher dans Paris. Je me suis épuisé à force d'écluser le moindre cocktail ! Vous n'avez pas idée du nombre de soirées auxquelles on invite un petit scribouillard comme moi. C'est indécent. Ici, je vous sais loin, je peux penser à vous de manière plus sereine. Je dois vous l'avouer, je finissais par ne plus savoir si je devais continuer à espérer ce message. Ma mère a bien compris que quelque chose ne tournait pas tout à fait rond. Elle me gave de petits plats en sauce comme s'il fallait me requinquer. C'est la seule méthode qu'elle connaisse pour me réconforter. Mais je vais prendre trois kilos en un week-end à ce rythme-là !

Pourquoi est-ce si douloureux ? Quand rentrez-vous de Toronto ? Quand pouvons-nous nous revoir ? En avez-vous envie ou aurez-vous toujours besoin de cette distance pour m'écrire ? Je dois savoir, Mathieu. Car vous avez raison sur tout. Je ne sais rien de vous et j'ai l'impression de me dévoiler à chaque mot. Je ne sais pas faire autrement, c'est plus fort que moi. Vous m'avez communiqué votre appréhension. J'ai déjà peur d'en avoir trop dit.

X.

*

Mon cher Xavier,

Qu'ils sont doux et confiants ces mots que vous m'adressez. C'est à votre tour d'être dur avec vous-même : je n'y vois rien d'impudique ou de déplacé, bien au contraire. J'avais si peur de n'avoir pour réponse qu'un silence assourdissant. J'ai le cœur qui bat comme un adolescent. C'est bon. C'est tellement bon de penser à vous en Normandie, avec votre maman. Cela n'a rien de grotesque.

Je n'ai jamais fait une chose pareille, Xavier. Jamais. Je crois avoir tout fait pour que cela n'arrive jamais. Je n'y suis en rien préparé. Et je pensais que la muraille que j'ai bâtie autour de moi me permettrait de continuer ainsi, jusqu'au jour où il serait trop tard. C'est une forme de confort vous savez. Être un bon petit soldat, un bon père. Je crois même que, de temps à autre, j'arrive à être un bon mari. Un allié en tout cas. J'essaie de ne pas trop me projeter ailleurs que là où je suis. Jusqu'au jour où j'écris à un homme qui se trouve à 6 000 km de moi en espérant que ça ne cesse jamais. Mais, non, je ne veux pas que cette distance s'installe. Bien sûr que non ! J'ai beau ne rien maîtriser, je sais très bien ce que je fais en ce moment. Je fais la chose la plus importante qui soit.

Mathieu

12

Nos premiers messages, je les ai relus vingt fois. Cent fois. Mille fois. Nous n'avions pas pu envisager autre chose que ces mots chuchotés du bout des doigts, sans promesse, sans programme, sans rendez-vous. Il est beaucoup plus compliqué d'écrire « j'ai envie de vous embrasser » à l'homme que l'on désire, que de dire « j'ai envie de toi » au mec que l'on a envie de baiser. Alors, oui, bien sûr, il manquait l'étreinte. Oui, bien sûr, j'ai refermé mon ordinateur portable la mort dans l'âme, terrifié à l'idée qu'il puisse n'y avoir rien d'autre que ces mots échangés à distance, un confortable océan posé entre nous deux. Mais, quand bien même je ne suis plus rien, je donnerais tout pour t'écrire ces mêmes mots une seconde fois, pour sentir encore cette chaleur dans mon ventre et laisser ce tressaillement s'emparer de la moindre partie de mon être.

Le lendemain, alors que j'émergeais d'un sommeil froissé dans les draps repassés par ma chère maman, je me repaissais de ces deux messages reçus sous le firmament. Dans cette confusion dont on ne sait d'abord si elle prolonge la nuit ou préempte sans ménagement le matin. Ma mère s'escrimait déjà en cuisine, comme en témoignaient les parfums contradictoires (tarte aux pommes et roux de volaille) qui s'invitaient par les grilles d'aération de la chambre, comme un autre message d'amour glissé aux aurores, sous la porte mal détalonnée. Cuisiner a toujours été la grande affaire de ma mère. Elle faisait disparaître les deux cent cinquante grammes de la moindre plaquette de beurre avec une rare facilité : dans le fond d'une poêle, dans le fond d'une tarte, dans une purée onctueuse, dans une sauce généreuse. Parce qu'elle ne savait pas comment exprimer ses sentiments et ignorait quel pont emprunter pour relier les mondes dans lesquels nous vivions l'un et l'autre, ma mère me cuisinait des déclarations d'amour à longueur de journée. Toujours prête à enfiler son tablier et à saisir, étouffer, gratiner, rôtir le moindre aliment ayant atterri dans son réfrigérateur chéri. « Tu veux quoi à midi ? » « J'ai acheté des soles au marché, je fais de la purée avec ? » « J'ai plus de beurre, je vais au Super U, tu as besoin de quelque chose ? » « J'ai envie de chocolat, pas toi ? » Avec l'émouvante naïveté d'une enfant qui croit ses mensonges indétectables, elle ne mangeait presque rien lorsque j'étais là, picorait deux radis, se rassasiait un peu trop ostensiblement de trois feuilles de salade. « Sers-toi d'abord, mon chéri, je prendrai ce qui reste. Et s'il ne reste rien, cela m'ira tout aussi bien », « je n'ai pas très faim ce soir, je vais me coucher ». Elle épargnait alors le fromage ou la terrine que la lame dentelée de son couteau ne demandait pourtant qu'à sculpter pour mieux en tapisser l'intérieur de son estomac. Il ne me fallait jamais très longtemps pour découvrir les cadavres qu'elle laissait derrière elle : baguette de pain réduite de moitié, tablette de chocolat achetée le matin même et volatilisée, papier aux armoiries de la charcuterie dissimulé dans le fond de la poubelle sous de complices feuilles de laitue. Bien sûr, j'aurais dû intervenir pendant que j'étais encore là, avant de m'écraser le visage sur le bitume d'une route départementale. Bien sûr, j'aurais dû la confondre, déverser sur la table de la salle à manger les monceaux de pièces à conviction que j'avais récoltés, dans la poubelle ou sous son lit. Bien sûr, c'était à moi de lui dire à quel point elle s'empoisonnait à petit feu ou à gros bouillons, selon. Bien sûr. Mais de quel droit aurais-je dû lui interdire ce qui la maintenait en vie et rendait supportables

les trois ou quatre semaines qu'elle allait passer sans me voir ? Du haut de mes maigres visites et de mes appels hebdomadaires (elle ne m'appelait jamais « de peur de me déranger »), j'aurais dû me poser en père la morale, la menacer de ne plus venir la voir si elle n'arrêtait pas de s'empoisonner à grands coups de pot de crème et de tranches de rillettes ? Quel fils aurais-je été si je n'avais pas su accepter ses petits travers et ses gros mensonges ? Lui aurais-je mieux montré mon amour ?

Et qui, maintenant, saura s'inquiéter pour elle sans pour autant lui renvoyer ses kilos en trop au visage ? Après avoir perdu son salopard de mari, ma pauvre mère va devoir apprendre à vivre sans sa tarlouze de fils ? Nous n'avons jamais vraiment parlé de tout ça. De cette violence avec laquelle mon père avait mis les voiles. Après l'avoir enterré au cimetière de Druval avec le reste de sa famille, nous n'avons pour ainsi dire plus jamais parlé de lui. Nous nous sommes empressés de faire disparaître et d'oublier tout ce qui le rappelait à notre mémoire : ses pantalons usés jusqu'à la corde, les mots qu'il nous balançait au visage comme des seaux d'huile bouillante (sale petit PD, grosse vache, tarlouze, fiotte, traînée, bonne à rien, incapable…) jusqu'aux portraits de sa famille qui scandaient le mur de l'entrée, façon galerie des horreurs. Nous disions « sa famille » parce qu'elle n'a jamais vraiment daigné s'intéresser à nous, à la manière dont nous allions nous débrouiller après son départ pétaradant. Aussi parce que, comble de la médiocrité, ses frères et sœurs avaient jugé bon de s'offrir une petite visite privée, une semaine après l'enterrement, avec ce regard mi-croquemort, mi-agent immobilier véreux qui sonde les relents de mort et évalue tout aussi bien le degré de chagrin que le prix au mètre carré que l'on pourra tirer de cette infâme bicoque « une fois que l'on aura fait dégager la grosse et son môme prétentieux ». Mais, en dépit de quelques molles menaces ou de campagne d'apitoiement, ce toit et ces quatre murs appartenaient bel et bien à ma mère.

La maison fut néanmoins mise en vente quelques mois plus tard. Le temps pour les ragots de s'évaporer dans les relents de calva dont les bonshommes du coin diluaient l'amertume de leur café matinal, avalé tiède à même le zinc, les yeux rivés sur leurs godillots informes ou sur les bouteilles qu'ils videraient un peu plus tard, le dos cassé par une énième journée passée à gagner de quoi faire vivre cette famille qu'ils fuyaient par tous les moyens. Le suicide du maître des lieux n'étant guère un argument de vente très prisé des pages « immobilier » de *Ouest-France*, notre maigre bien se vendit une grosse bouchée de pain. Qu'importe. L'essentiel, pour ma mère comme pour moi était d'oublier jusqu'à la couleur des murs de ce pavillon devenu trop grand et, en tous points, trop lourd à porter.

Nous avons emménagé assez vite dans un appartement bruyant, surchauffé et mal insonorisé. Mais c'était le nôtre, il se présentait donc comme le point de départ rêvé pour une nouvelle vie qui, pour ma mère, prit rapidement la forme d'un vide sidéral et, pour moi, celle d'une aspiration non dissimulée à faire en sorte qu'elle s'épanouisse ailleurs, vite et loin de préférence.

Le champ de ruines dans lequel j'ai grandi m'a permis d'affirmer assez tôt mon identité et, par conséquent, ma sexualité. Il n'y eut pas de cris, pas de pleurs ni de heurts. Certaines vérités s'imposent dans le silence. Dans une lente acceptation. Un deuil. Un jour, il n'est plus question de petits-enfants, de petite amie, de belle-famille. Cela vient très vite. Le terrain devient miné. Il y a parfois quelques relents doux-amers, au détour d'une conversation avec une voisine ou une vague connaissance, mais pas d'affrontement. On ne pose aucun mot. C'est plus sage. Ainsi, un jour, ma mère a su. Et, aussitôt, cette prescience l'a autorisé à se comporter comme le commun des mortels à l'évocation de la physique quantique : faire comme si cela n'existait pas, quand bien même on en éprouverait quelques corollaires. L'idée de me perdre d'une manière ou d'une autre la terrifiait. Alors elle me fichait la paix. J'imagine aussi qu'elle envisagea très tôt le fait que je n'allais pas passer ma vie ici. Il valait donc mieux me laisser vivre selon mes préceptes fantaisistes, quitte à enfouir le fond de sa pensée et détourner le regard quand je partais pour le lycée, au café ou en boîte, toujours un peu trop apprêté.

J'étais alors loin d'imaginer que les prémices de ma seule véritable histoire d'amour auraient pour théâtre cet appartement où mon homosexualité – cette invitée tant redoutée à laquelle on souriait avec une affabilité dosée – n'avait jamais eu droit de cité.

Je me souviens d'avoir un jour envoyé ma mère chez une amie coiffeuse. J'avais le secret espoir qu'outre ses mains expertes les talents d'inquisitrice de ma copine Charlotte parviennent à extirper de maman de menues confidences sur ce qu'elle appelait volontiers « mes choix ». Il en ressortit, outre une dispendieuse permanente que ma mère s'empressa de détester, une méritoire psychanalyse de bac à shampoing :

— Ta mère, Xavier, elle l'exprime très bien. Elle n'est pas dans la réflexion, elle n'est pas dans le questionnement des choses, elle les prend à l'avenant, comme avec ton père. *A priori*, personne ne se demande comment vivre en bonne intelligence avec un sale type. Un con ou un pervers narcissique si tu préfères, ça se quitte sur-le-champ. Mais ta mère, elle a pris son mal en patience. Elle s'est dit que c'était sa croix. Elle n'a pas envisagé une seule seconde de s'en prendre aux causes, de se barrer avec son gamin sous le bras. Non, elle s'est attaquée aux conséquences de la plus étrange des manières. Elle s'est dit qu'en prenant trente kilos elle aurait la paix. Ce qui est quand même dingue, non ? Ça en dit long sur sa capacité d'abnégation. Elle trouve des solutions à la mesure de son univers. Pareil avec toi. Elle s'inquiète, parce que c'est son rôle de mère, mais elle ne ferait rien qui puisse te déplaire. Elle a trop peur de te perdre. Tu pourrais ramener un mec différent chaque week-end, tu pourrais te conduire comme la dernière des salopes, te balader à poil sur le balcon qu'elle te trouverait toutes les excuses du monde. Je l'entends d'ici te dire « C'est vrai qu'il fait drôlement chaud aujourd'hui, vous voulez une citronnade, les garçons ? ».

J'ai longtemps hésité à lui parler de toi. Et puis j'ai renoncé. Je n'aurais pas supporté qu'elle me remonte le moral, qu'elle essaie de se convaincre que tu allais quitter ta femme, que nous allions emménager ensemble et venir passer le week-end avec elle, dans son petit appartement. « Ça va, les garçons, pas trop de monde sur la route ? Pas trop fatigués de votre semaine ? Je vous ai préparé un navarin d'agneau, vous m'en direz des nouvelles. Moi, je vais juste grignoter un peu de salade, je suis barbouillée ce soir. » Car c'est le genre de mélodie du bonheur qu'elle est disposée à fredonner sous la douche, quand bien même nos vies ressemblent davantage à une brasse coulée qu'à un tour en barque sur le lac de Côme. J'ai été bon public. Je l'ai laissée me raconter que mon père était généreusement « parti » pour nous laisser une chance d'être heureux tous les deux. Mais je n'aurais pas pu supporter qu'elle me remonte le moral en me disant qu'avec le temps, va, tu allais finir par tout quitter pour moi. Je n'ai jamais demandé à être consolé. Il n'y a rien de plus humiliant que de se laisser conter les pires âneries – la morve au nez, les yeux rougis, la lèvre tremblotante – et de finir par les croire, sous prétexte que « je suis jeune et beau et que toi, forcément, tu vas finir par t'en rendre compte ».

Sauf que tu n'as jamais remis en question ni ma jeunesse, ni l'élasticité de ma chair, ni les intenses et douloureux sentiments que tu avais pour moi. Les choses ont toujours été un peu plus compliquées que cela. Je l'ai compris assez tôt. Et je n'en suis tombé que plus amoureux de toi.

13

Six longues nuits se sont écoulées entre ton premier message écrit depuis Toronto et ton atterrissage à Roissy. Six nuits au cours desquelles nous nous sommes écrit avec un mélange de réserves et de confidences débridées. Cela posait les jalons de la suite de notre histoire. J'alternais impatience et demi-hystérie. Tu te repaissais de ma légèreté incontrôlée comme de ma soudaine gravité. Et tu me réconfortais avant même que le doute ne vienne assombrir mes paroles. Comme si tu connaissais déjà l'issue.

Tomber amoureux d'un homme marié présente peu d'avantages, mais j'en retiens un : tout est donné d'avance. On peut difficilement s'étonner que le temps soit compté, ou escompter que l'on va d'emblée occuper tout le terrain. On peut aussi nourrir une certaine culpabilité, battre sa coulpe en songeant à cette jolie famille que l'on est prêt à saccager. Je ne suis pas certain de parvenir à l'exprimer mais rien dans ton comportement n'a jamais fait de nous ce couple illicite là. Nous nous comportions plus volontiers en condamnés à mort. Nous évitions les projets à long terme ou les conversations interminables sur la maladie, la manière dont elle métastase peu à peu chaque partie du corps. La plupart du temps, nous en étions plutôt à privilégier tout ce qui installe de la distance avec le danger. Et, si périlleux et incertain qu'il puisse paraître, l'exercice ne nous a jamais frustrés. Chaque instant passé ensemble était une bulle d'air euphorisante, une île déserte dont nous prenions parfois possession avec maladresse, mais où nous n'étions jamais à l'étroit.

Deux jours après ton retour à Paris, tu m'as donné rendez-vous dans un restaurant japonais de la rue Sainte-Anne. Je suis de ceux qui prennent un plaisir coupable à passer en revue l'intégralité de leur dressing avant de sortir faire deux courses mais, ce soir-là, rien ne m'aurait semblé plus incongru que d'étudier ma tenue. J'avais la naïveté de vouloir que tu me voies sans filtre, sans vernis. Toute idée de déguisement, de parade ou de défilé improvisé me semblait inappropriée. Je t'ai donc retrouvé tel que j'étais. Pour d'autres raisons, tu avais évité de repasser chez toi, et tu rayonnais dans ton costume gris clair, ta chemise blanche et ta fine cravate anthracite. Que tu étais beau dans ton uniforme ! Tes yeux souriaient déjà quand je t'ai aperçu dans ce décor choisi par toi. Pas pour ses murs parés de bois blond ou son éclairage un peu trop tamisé. Plutôt pour cette forme de neutralité. « J'adore cet endroit. » Mais la suite est sans filet. Comment se salue-t-on ? J'ai toujours eu la poignée de main en horreur, ce pitoyable cérémonial pseudo-viril où, les yeux dans les yeux, l'on jauge vaguement la vigueur de son interlocuteur et l'on éponge sa paume moite. Pas de ça entre nous. Une tape sur l'épaule ? Trop familier. Une accolade ? Ridicule. Une embrassade discrète ? Franchement prématuré. Alors juste un regard. J'étais à la fois extatique et paralysé, frigorifié et en eau, muet et la bouche remplie de mots prêts à jaillir sans trop savoir si le premier serait : « bonsoir », « joli décor », « je », « tu », « vous » ou « j'ai une faim de loup, pas toi/vous ? ».

C'est toi qui as pris les choses en main :
— Tu connaissais cet endroit ?
— Je suis venu il y a deux ou trois ans, lorsque ça a ouvert. Et j'en garde un excellent souvenir.
— Dommage, j'aurais préféré te le faire découvrir.

— Non, vraiment, c'est parfait. Je suis très content d'être ici avec toi. Je n'aurais pas mieux choisi.

— Bon. Très bien. Tu aimes les udons alors ?

— J'adore, mais je vais peut-être opter pour les sushis. C'est plus sûr.

— Je n'en reviens pas d'être là avec toi, tu sais ?

— Tu pensais que j'allais me défiler ?

— Je craignais plutôt de ME défiler.

— Tu as hésité à me poser un lapin ?

— Pas une seule seconde. Enfin… Je ne sais pas. C'est tellement loin de moi tout ça.

— Et puis, tu t'es dit, c'est quand même tentant ?

— Comment cela ?

— De me soumettre au supplice du udon et de voir comment je m'en sors !

— J'adorerais avoir ton sens de l'humour, tu sais ?

— Disons plutôt que je sais faire mon malin quand les choses deviennent un peu trop intenses.

— Tu es mal à l'aise ?

— Non… J'ai le sentiment d'être là où je dois être. Si j'en fais un peu trop, c'est juste pour me donner une contenance. C'est ma botte secrète.

Je pourrais restituer de manière exhaustive tout ce que nous nous sommes dit ce soir-là. Tout est gravé. Tout est ancré. Encré.

Je me suis finalement laissé séduire par les udons, si tant est qu'une pâte à base de farine de blé puisse vous faire la cour. Et quand bien même j'aurais manipulé les baguettes avec la grâce d'un baleineau, maculé mon pantalon de lait de coco ou me serais recouvert le visage de pâtes façon Arcimboldo ? N'aurais-tu pas ri avec moi de ma maladresse ? Il était grand temps de les dévorer à pleines dents ces pâtes. Il était temps d'aimer et de se laisser aimer. De rire et pleurer dans le même temps. On verrait bien. On avait toute la vie devant nous. N'était-ce pas ce que j'avais toujours voulu, être assis en face de toi, à la table de ce restaurant ? N'avais-je pas envie de tout te dire, de me laisser porter par l'instant, comme si rien d'autre n'existait ? N'avais-je pas envie de te plaire tel qu'en moi-même ? N'avais-je pas envie de me lever comme un seul homme, ignorer le reste de la salle et ces auréoles sur ma chemise, pour déclamer hardiment ces mots de Dominique A, devenus l'hymne contrarié de notre impossible lueur à nous :

Rien je sais rien. Tous les fautons m'ignorent
Ceux qui les ont croisés en parlent encore
Et soudain, par les lueurs, les voilà traversés
   par les lueurs...

Mais tout s'est éteint. La lueur a blêmi. La vie s'est déposée. Le ciel s'est refermé. Et mon corps d'éternel adolescent complexé sera bientôt disposé dans un lourd coffre en chêne massif à festons, quatre poignées en métal patiné laiton, capiton modèle 073. C'est ma pauvre mère qui va s'y coller. Sans doute accompagnée de sa voisine. Pas le choix, elle n'a pas le permis. Elle ne va tout de même pas prendre le bus pour aller choisir le cercueil de son fils ? On aurait tout vu. Il y en a bien une qui, parmi ses collègues ou vagues connaissances, va l'accompagner jusqu'à Roc Éclerc ? Une qui, toujours prête à recueillir la douleur des autres, essuiera de temps à autre une larme de crocodile et rythmera l'ensemble de hochements de tête compatissants. « Elle morfle la mère N. Cette fois, elle n'a vraiment plus personne. Ça fait peine à voir, quand même. On voudrait l'aider, mais y a rien à faire sinon être là, prendre un café avec elle, partager le silence, choisir la couronne, remplir les formulaires. Et qui va aller vider l'appartement de ce pauvre Xavier ? Il paraît qu'il n'avait personne dans sa vie. C'est malheureux quand même. Un beau garçon comme ça. » Bien sûr que si, j'avais quelqu'un dans ma vie ! Je n'étais pas tout à fait dans la sienne, c'est tout. J'y faisais peu à peu ma place, je ne désespérais pas de m'y installer un jour. Mais c'est un peu compromis maintenant. Pourtant, tout s'annonçait bien, ce premier soir, dans ce restaurant japonais de la rue Sainte-Anne. Un dernier verre de saké chaud dans le ventre, nous avons remonté la rue du Louvre, puis enjambé les eaux noires de la Seine, sans trop savoir où nous allions. Nous avons arpenté la rue Mazarine, puis atterri rue de Buci, à la terrasse du « Café de Paris ». Coincés entre une tablée de touristes buvant leurs chocolats chauds et une autre d'étudiants aux Beaux-Arts, qui commandaient pichets de bière sur pichets de bière. Un peu éméchée, une jolie rousse d'une vingtaine d'années nous a dévisagés avec bienveillance, puis apostrophés : « Vous êtes super beaux tous les deux, ça fait longtemps que vous êtes ensemble ? » Sourires gênés. Regards croisés et cœurs en effervescence : « Pas très longtemps, non. »

Je crois que c'est à cet instant que j'ai posé la main sur ta cuisse. Tu as tressailli comme un adolescent. C'était de circonstance. J'ai hésité à la retirer. Tu l'as rattrapée avant qu'elle ne se dérobe. Sous la flanelle légère, je sentais tes muscles se contracter. J'étais bien. Nous étions déjà un peu ivres, mais pas assez pour ne pas avoir pleinement conscience du moment. De cette première nuit que l'on a envie d'étirer comme une bobine sans fin, un fil de laine dont on tricoterait la ville entière. Comme une cartographie en devenir dont on saisirait déjà à quel point elle est en train de redéfinir notre géographie francilienne. Ici, la terrasse où ma main a effleuré le tissu de ton pantalon. Plus loin, la vitrine qui nous a renvoyé un premier reflet de nous deux, rue Dauphine. Plus loin encore, sur le Pont-Neuf, ce banc de pierre sur lequel nous nous sommes assis à la lueur des lanternes, comme deux touristes, deux tourtereaux un peu ridicules. Ce banc qui nous a fatalement évoqué Carax, Renoir et Bresson. Je bandais comme un âne. Et toi ? Puis, pour terminer, la porte est de la cour Carrée du Louvre. Sans doute parce qu'il ne saurait être de premier baiser sans une porte cochère. La nôtre fut royale. Mais je n'étais pas assez saoul pour ignorer à quel point la symbolique en était par trop encombrante. Alors avant de te coller le dos à cette porte et de plonger ma langue dans ta bouche aux parfums de rhum et de menthe, j'ai murmuré à ton oreille : « Je vais t'embrasser parce que je n'ai jamais rien tant désiré. Et si demain, à la lueur d'un jour nouveau, cela devient un souvenir gênant ou une terrible erreur, il sera toujours temps de faire comme si rien de tout cela n'était arrivé ».

14

Nos corps se sont rencontrés boulevard Malesherbes. Tu m'attendais au pied de l'immeuble. Ton sourire masquait mal ce mélange de gêne et d'excitation. Cette impudeur de l'instant. Nous étions déjà nus sur ce trottoir parisien, comme si la terre entière savait ce que nous nous apprêtions à faire, un peu plus tard, dans le silence de cet appartement. Tu m'avais donné rendez-vous à 13 heures. Juste un numéro de rue, articulé au chauffeur de taxi, comme s'il allait me déposer devant un quelconque restaurant. Et tu étais là, deux sacs en papier à la main. « Chez qui sommes-nous ? » t'ai-je demandé en m'extirpant de la berline gris anthracite. « C'est important ? » m'as-tu répondu. Non, cela ne l'était pas. Tu aurais bien pu me convier chez le diable lui-même, je l'aurais trouvé jovial. Nous avons franchi la porte cochère, enjambé deux à deux, puis quatre à quatre les marches de l'escalier comme dans un drôle de rêve éveillé. Puis je t'ai retrouvé devant cette porte, un trousseau de clés dans une main, tes sacs dans l'autre. « Bienvenue chez toi », m'as-tu murmuré avec l'allégresse d'un adolescent prêt à enfreindre toutes les règles, le temps d'une pause déjeuner. La porte s'est ouverte sur une belle entrée parquetée, une console Louis-Philippe, un miroir en stuc. J'ai aperçu un petit salon à gauche, une chambre à droite. « C'est tout droit. » Tu as fait escale dans la cuisine, vidé tes sacs dans le frigo. Puis tu as posé ta main sur mon dos et m'as poussé vers une chambre où le soleil filtrait à peine à travers les persiennes. « C'est ici. » Je t'ai regardé, interrogateur et complice. Voilà, nous y étions. Les murs étaient abricot. Nous allions faire l'amour là. Pour la première fois. Tu m'avais bien eu. Tu t'es jeté sur le lit, sur le dos, comme un ado qui teste la literie dans un camp de vacances. Avec malice et irrévérence. « Ça te plaît ? » C'est toi qui me plaisais, dans ta maladresse et ton assurance. Toi qui feignais de maîtriser une situation que tu avais provoquée pour mieux t'y piéger. Comme un défi à toi-même. Comme seuls les timides savent se mettre au pied du mur. Je t'ai rejoint sur ce lit inconnu. Tu étais si beau dans les zébrures des persiennes. J'ai posé ma tête sur ta poitrine. Ton cœur tambourinait mais tu donnais le change. Tu souriais, vulnérable, presque désemparé. J'ai déboutonné ta chemise et, très vite, commencé à caresser ton torse. Tu nous avais menés là, tu avais tout prémédité, hormis la manière dont le désir paralyse parfois. Tes yeux scrutaient le plafond, tes bras reposaient à plat sur les draps. Tu irradiais. Tu étais prêt. Mes doigts ont effleuré ton cou, ta nuque, puis tes cheveux, pour revenir sur les contours de ton visage. Il faisait chaud ou peut-être était-ce moi qui dégageais de plus en plus de chaleur ? Mon sexe tendait mon boxer, je sentais le sang battre dans chacune de mes veines. Ce n'était pas seulement notre première fois. C'était la promesse qu'il y en aurait d'autres. Ou la menace que, dès lors, chaque jour éloigné de toi me donnerait le sentiment d'être mutilé, coupé en deux. Ton souffle se bloquait à chacun de mes gestes. J'ai libéré ta ceinture de sa boucle, déboutonné ton pantalon, puis glissé et empoigné ta bite comme on prend une respiration. Je guettais chacune de tes réactions. Tu m'as dit « viens » et je t'ai escaladé d'un coup, j'ai calé mon sexe et mes yeux sur les tiens, je me suis fondu en toi. Vu de dessus, ton visage semblait si doux, si fin, si apaisé. Si impressionnant aussi. Tu as enlevé ma chemise, j'ai fait glisser ton pantalon, tu as fait disparaître le mien, envoyé voler mon boxer à l'autre bout de la pièce. Tu riais. Nous étions nus l'un sur l'autre. Le bruit de la ville s'est tu. La lumière s'est comme réfugiée dans un coin de la pièce. Il n'y avait plus que toi et moi dans la pénombre de cette chambre aux murs abricot, nos sexes tendus et superposés. Tu as attrapé le mien, en as effleuré le gland, puis glissé jusqu'à mes couilles, dans un souffle, un spasme. J'ai eu peur de jouir tout de suite. Nous avons fait l'amour sans nous quitter des yeux un seul instant, nos corps agrippés l'un à l'autre comme s'ils ne devaient plus se quitter. Jamais.

J'ai dû ensuite m'endormir quelques secondes, quelques minutes. Quand mes yeux se sont ouverts à nouveau, ton visage était là, tout près du mien. « Voleur de rêve ! » ai-je plaisanté. « Tu as faim ? » m'as-tu répondu. Je t'ai suivi dans la cuisine, dont la porte-fenêtre ouvrait sur un balconnet. Le volet entrouvert filtrait la même lumière que dans la chambre. Les murs étaient d'une couleur tout aussi improbable. Une dalle en émail blanc usé faisait office d'évier.

— On est où alors, tu veux bien me le dire maintenant ?

— Ça t'intrigue, n'est-ce pas ?

— Oui, je suis curieux. Ça ne ressemble pas à une garçonnière.

— C'est l'appartement d'un vieil ami. On n'est pas si proches, il est aussi sauvage que moi, mais on se connaît depuis longtemps, alors c'est à moi qu'il laisse ses clés quand il part en déplacement à l'étranger. Ça le rassure. Même s'il n'y a rien à voler, pas de chat à nourrir ou de plante verte à arroser, comme tu peux le voir. Alors je viens jeter un coup d'œil de temps en temps.

— Et tu t'es dit que c'était l'endroit idéal pour nous ?

— J'ai pensé que c'était un endroit assez neutre et qu'il était peut-être un peu trop tôt pour que l'on aille chez toi. Je ne sais pas. Je n'ai pas vraiment réfléchi en fait.

— Tu as bien fait.

— Mais je suis quand même impatient de voir où tu vis. J'en crève d'envie.

Tu avais improvisé un pique-nique, dressé la table avec les moyens du bord, assiettes dépareillées, verres à pied ébréchés et serviettes en papier. Du frigo, tu as extrait salades traiteur, mangues et bières fraîches, un torchon sur l'avant-bras, façon maître d'hôtel. Détail d'autant plus comique que les seules étoffes qui couvraient ton corps étaient ce morceau de linge froissé et ton caleçon blanc. Nous avons dévoré ce festin dans un demi-silence, écartelés entre l'instant, ce début d'intimité et la perspective, trop proche, de nous séparer, une fois douchés et rhabillés. J'ai fait le tour du propriétaire.

— Je nous verrais bien vivre ici. Il faudrait revoir un peu les couleurs, casser un ou deux murs, refaire la salle de bains, poncer le parquet, installer un îlot central et changer ces rideaux crasseux, mais la lumière est belle. Elle te va bien. Ça n'a pas été refait depuis quand ?

— Je ne sais pas. C'est un héritage de sa tante, je crois. Et il l'aime comme ça, dans son jus. Mais je suis d'accord avec toi, c'est un endroit très agréable. Tu pourrais installer ton bureau dans la petite chambre, on ouvrirait la cuisine sur le salon. On mettrait des tapis et des livres partout.

On a beau se savoir mortel, on n'en nourrit pas moins des désirs d'éternité.

15

Parler de peinture c'est très vite en finir avec la parole, très vite revenir au silence.

Christian Bobin, *L'Inespérée*

Il me serait plus facile de te dessiner que de dresser ton portrait. J'y passerais des heures, je peaufinerais l'invisible, magnifierais l'indicible. Je te peindrais amoureusement, furieusement, passionnément. J'y passerais des nuits entières. Et, le lendemain matin, en concevant le manque de justesse, l'absence de nuances, l'excès de couleurs ou la grossièreté du trait, je recommencerais. Je maudirais ma grandiloquence, fustigerais mon approximation, vomirais ma médiocrité.

16

La vie s'accélère par un beau matin de votre prime adolescence, vous terrassant autant qu'elle vous charme, comme une nouvelle fonctionnalité dont on enrichirait le disque dur d'un ordinateur. Le message s'affiche sans ménagement. Il s'impose à vous comme une malédiction. « Je ne sais pas trop comment te l'annoncer mais, pour toi, les choses vont être plus compliquées. La mort de ton père peut-être. Rassure-toi, cela ne fait pas de toi un pervers ou un monstre de foire. Mais tu vas morfler. En un mot comme en cent, tu es PD. Homo. Gay. Mieux vaut donc tout de suite faire le deuil de certains projets. La famille, les enfants, les courses en fanfare le samedi après-midi. Tout ça, tu rayes. De même, évite les métiers à forte pénibilité, comme bûcheron ou manœuvre sur un chantier. Mieux vaut d'ores et déjà t'orienter vers les métiers de la création, comme la mode ou le journalisme. Tiens, et pourquoi pas la décoration ? C'est bien ça, la décoration ! Tu verras, pour l'instant c'est encore un peu flou mais cela te permettra d'affirmer ta sensibilité, ton attachement aux détails, ton goût pour l'art. Et puis, tu seras avec des gens comme toi. Tu verras, tu adoreras. »

Entendons-nous bien, ce n'est pas comme si j'avais soudain décidé de me compliquer la vie pour le plaisir. Je n'étais pas candidat à l'extraordinaire. Toutes les filles du lycée me couraient après, on me promettait un bel avenir de tombeur et l'idée de la petite famille, des enfants bien peignés et des courses le samedi après-midi, tous en grappe autour du caddie, était loin de me rebuter. Je trouvais même le tableau assez touchant. En revanche, pas besoin d'avoir fait de longues études pour comprendre que, lorsque mes « camarades de classe » commenceraient à me qualifier de sale pédale, cela n'aurait rien de bienveillant. Il allait falloir redoubler d'ingéniosité et de vigilance pour trouver le bonheur dans cette vie qui s'annonçait.

Je me souviens de cet après-midi de l'été 1986 où, retrouvant ma mère devant le poste de télé, je découvrais à l'écran Martina Navratilova. Face à Chris Evert en finale de Roland-Garros, si mes souvenirs se logent dans le détail. Pour je ne sais quelle raison, j'ai lancé à la cantonade un « Quelle sale gouine, celle-là », auquel ma mère a répondu sans me regarder : « Et les lettres que j'ai trouvées au pied de ton lit ce matin, qu'est-ce que cela fait de toi ? » Je ne me souviens pas d'avoir jamais connu pareil moment de solitude et de honte. J'ai rougi de tout mon être, comme si je venais de me découvrir une maladie incurable. J'ai quand même dû murmurer un vague « c'est pas pareil » sans trop y croire et, le cœur battant, je me suis précipité dans ma chambre pour trouver, bien rangées et en évidence sur mon bureau, les œuvres complètes de Sylvain O. Lequel Sylvain O., par admiration sincère ou manque d'imagination, consacrait l'essentiel de sa prose à décrire son admiration pour mon entrejambe, la douceur de mes mains sur son cul et la virtuosité de ma langue sur ses tétons. Difficile, après cela, de regagner le salon comme si de rien n'était et de reprendre place dans le canapé en cuir fauve pour y soutenir l'une ou l'autre des deux joueuses. Alors on se maudit pour son manque de prudence et pour ce foutu romantisme qui vous a poussé à relire, la veille au soir, la littérature crypto-érotique de celui qu'il faut bien dès lors baptiser votre petit copain. Prévaut alors le sentiment que quelque chose d'assez irrémédiable vient de se produire. Pas une explosion nucléaire ou un tremblement de terre, mais un de ces drames intimes qui vous renvoient soudain à ce qu'il y a de plus noir, de plus faible et de plus faillible en vous. Une certaine idée de crasse se fait jour. Comme si on vous avait plongé dans une fange noirâtre, immonde, puante, qui n'est pas près de vous lâcher et que, des années plus tard, vous essayez encore de masquer derrière les effluves musqués d'eaux de parfum hors de prix.

Alors, oui, bien sûr, je comprends que tu n'aies pas souhaité faire cet apprentissage. Je comprends que tu aies choisi d'éteindre la moindre étincelle de désir avant même qu'elle ne se fasse crépitement. J'admire la manière dont tu as éconduit, sans le juger, ce garçon qui te regardait avec insistance dans la moiteur d'un vestiaire, dans l'anonymat d'une rue, dans l'excitation d'une soirée. Je ne te juge pas non plus, quand bien même nous en avons fait les frais. Quand bien même je sais à quel point cette loi du silence a pesé sur nous chacune des journées, chacune des nuits que nous avons passées ensemble et, pire encore, sur celles qui nous ont séparés. Si c'était à refaire, m'obstinerais-je à lorgner le décolleté d'Aurélie B. plutôt que le cul de Sylvain O. ? Y parviendrais-je seulement ? Je l'ignore. Et j'ignore lequel de nous deux a véritablement fait preuve de courage. Si c'est bien seulement de courage qu'il s'agit. J'étais mû par une inébranlable détermination à être celui que je pressentais être. Et tu refusais de céder à ce qu'il t'était plus confortable de considérer comme de bas instincts que comme une vie respectable. Voilà tout. Mais, un jour ou l'autre, il t'a bien fallu admettre que ces bas instincts ne se laissent pas congédier *ad libitum*.

Le véritable enjeu, dès lors, a davantage été pour toi, non plus de renier celui que tu avais mis des décennies à enterrer au plus profond de ton être, mais de savoir si tu allais accepter de l'exhumer et, de lui ou toi, lequel allait avoir raison de l'autre.

17

— Un homme marié ? Un type qui n'a soi-disant jamais couché avec un autre mec ? Une honteuse réfugiée au fin fond de son placard depuis un demi-siècle qui a soudain vu de la lumière, a trouvé la fête sympa et s'est dit qu'elle allait rester pour voir jusqu'où tout ça allait la mener ? Mais, c'est quoi le programme, exactement ? Il vient te voir dans ta jolie garçonnière, vous baisez comme des lapins, une petite claque sur les couilles et puis, hop, à la semaine prochaine pour de nouvelles aventures ? Et après ? Comment peut-on imposer ça à quelqu'un que l'on prétend aimer ?

Laure était furieuse. Impossible de la faire redescendre. Elle était incapable de relativiser ou d'envisager la situation autrement qu'à travers le prisme de ses propres critères et de son programme de vie.

— Écoute, je ne dis pas que l'on va rester comme ça indéfiniment. Mais, pour l'instant, nous n'avons pas le choix. Il ne refuse pas d'envisager autre chose, il en est incapable. C'est différent. Tu imagines qu'il lui a fallu attendre d'avoir 48 ans pour l'admettre ? Pour le vivre enfin ? Je sais très bien de quoi ça a l'air vu de l'extérieur, ne t'inquiète pas. Mais quoi, je ne peux pas te demander à toi, ma meilleure amie, d'accepter l'idée que c'est là où j'en suis, que c'est là où nous en sommes ? Tu m'as souvent vu heureux et épanoui ces vingt-cinq dernières années ? Bien sûr que je préférerais te dire qu'il est en train de faire ses cartons et de boucler ses valises, qu'on a acheté un joli trois pièces à Palais-Royal, des pantoufles assorties et une machine à café qui fait des latte macchiato. Je ne dis pas que je n'ai envie de rien de tout ça. Mais ce n'est pas à ma portée pour l'instant. J'aime un homme pour qui c'est déjà énorme de se savoir aimé par un autre homme. Je ne vais pas te dire que c'est comme si j'étais tombé amoureux d'un prisonnier condamné à la prison à perpétuité, mais tu comprends l'image. Je ne peux pas lui reprocher d'avoir épousé sa femme, d'être devenu père et d'avoir renoncé au reste. Ce serait absurde. On n'aime pas les gens pour mieux les contraindre. Pas moi en tout cas. La première chose qui m'a plu chez lui, c'est précisément qu'il ne ressemblait en rien aux mecs que tu croises le vendredi soir rue des Archives. Je suis mille fois plus attiré et rassuré par un homme comme Mathieu que par un mec qui s'assume, me promet l'amour au grand jour, mais pour qui Paris se limite au 4e arrondissement, façon forêt domaniale, observant le gibier à la jumelle infrarouge, jusqu'au jour où – faiblesse, alcool, défi – il finit à genoux dans les chiottes d'un bar glauque à sucer le premier mec venu. Cerise sur le gâteau, cette formule ardoise magique, cette infâme spécialité locale qui me donne la gerbe : *ne le prends pas comme ça, c'est sans conséquence, tu le sais bien. On ne va quand même pas se laisser enfermer dans ce modèle hétéronormé que l'on a tant combattu, hein, bébé ?*

— Mon Xavier, tu sais à quel point je t'aime et ne veux que ton bonheur. Je suis ton amie, il est logique que je m'inquiète. Ça fait des mois que tu couches avec ce mec et tu ne m'en parles que maintenant. Tu te doutais donc bien de ma réaction, non ? Elle est compréhensible ma réaction au fond. Et tu le sais.

Non, je ne lui reprochais rien à Laure. Si elle m'avait annoncé qu'elle couchait avec un homme marié depuis six mois, j'aurais été le premier à la sermonner. Exactement comme elle était en train de le faire. Il est plus facile de vouloir du bien aux autres que de les entendre vous faire la leçon.

C'est vrai que certains week-ends furent d'horribles tunnels que j'empruntais à regret, sans trop savoir si j'allais trouver une porte de sortie, ni où elle allait me mener. Les premières semaines, tout à l'enthousiasme de nos soirées parfaites, je n'ai d'abord pas voulu prêter attention à ces longs samedis après-midi et ces interminables dimanches matin qui s'étiraient sans fin, dans l'attente d'un texto ou d'un appel. On est toujours le plus convaincant des baratineurs lorsqu'il s'agit de se mentir à soi-même. On sait quelle histoire on est prêt à gober, quel conte de fées on est capable de relire jusqu'à l'écœurement, sans s'inquiéter du moment où les petits cailloux deviennent petits morceaux de pain. Plus le subterfuge est énorme et plus on l'achète avec connivence. On croit décrypter des signes alors que l'on ne fait qu'épiloguer avec complaisance. « Dors bien, mon petit. Il sera toujours temps d'échapper aux limbes une fois ton rêve évanoui. »

Oui, je t'ai beaucoup attendu. Oui, je t'ai trouvé beaucoup d'excuses. Et quand, au bord de l'asphyxie, je n'en pouvais plus de t'attendre, oui, je t'ai espionné. Plus que le manque, plus que ton absence, c'était l'idée même de m'habituer à cette solitude qui m'angoissait. J'avais envie de me réveiller à tes côtés et de me rendormir dans tes bras. J'avais envie de tout faire avec toi. Me précipiter au dernier moment dans une salle de cinéma, un train ou un avion, attraper un taxi pour aller passer l'après-midi aux Puces, au jardin d'Acclimatation ou sur les bords du canal Saint-Martin. Ces choses auxquelles on rêve lorsqu'elles sont hors de portée mais que l'on décline poliment lorsqu'elles sont offertes. Parce que l'on aspire toujours à autre chose : au vertige lorsque l'on est bien au chaud et au cocon lorsque l'on gratte derrière la porte comme un pitoyable chien errant.

18

Il y a finalement plein de choses que j'ignorais. Tu étais marié. Je ne le savais que trop. Je le ressassais à l'envi. Mais encore ? Tu travaillais dans une société dont l'acronyme même m'était incompréhensible. Tu y exerçais la fonction de directeur de la sécurité. Il t'arrivait d'être à Berlin le matin et à Athènes le soir, toujours pour régler de sibyllins problèmes avec une société que vous veniez d'acquérir. Je n'ai jamais vraiment compris si ton rôle consistait à « faire le ménage », prêcher la bonne parole de ta hiérarchie, former des équipes ou faire régner une douce terreur sur des types de 30 balais qui auraient imaginé, souvent dans la pénombre de leur chambre d'étudiant, les prémices d'une start-up dont les implications les auraient vite dépassés. Un peu comme un adolescent qui aurait accidentellement mis au point la formule de la nitroglycérine et, tout fier et tout excité, en aurait harnaché un plein bidon à l'arrière de son vélo pour aller montrer sa découverte à son professeur de physique-chimie. Tu allais donc materner des Nobel en devenir, les complimenter sur leur découverte, leur signer des chèques aux montants prohibitifs, leur démontrer par A + B qu'il était plus sage de s'en remettre à la société que tu représentais avec panache mais humilité : « Signez là, on s'occupe du reste, je file, je dois être à Bucarest dans trois heures. » C'était ça ton métier. C'est tout du moins ce que j'en ai compris et retenu après tes nombreuses et louables tentatives de vulgarisation. Trouvais-je cela excitant ? Oui, bien sûr. Mais, sincèrement, tu aurais tout aussi bien pu être dresseur de loulous ou dynamiteur d'aqueducs, je ne t'en aurais pas moins aimé. Quoi d'autre ? Tu venais d'avoir 48 ans lorsque nous nous sommes rencontrés. Et tu les portais outrageusement bien. Avec la belle désinvolture de ceux qui n'ont rien eu de particulier à faire pour entrer été comme hiver dans leur pantalon taille quarante, bronzent avec la décontraction d'une tranche de pain de mie qui virevolte à la sortie d'un toaster, ne trahissent pas le plus petit signe de calvitie, abhorrent toute forme de racisme, sexisme, snobisme, communautarisme, privilège, gentrification ou humiliation. Tu étais adepte d'une forme rare et bienveillante d'individualisme. Parce que tu n'attendais rien d'autrui, tu étais prêt à tout donner. Tu ne conservais pas la moindre nostalgie de ton adolescence et encore moins de tes 30 ans, période que tu décrivais volontiers comme le moment de ta vie où tout t'avait semblé insatisfaisant, incertain et inachevé. Tu traversais l'existence sans facilité particulière mais avec une force qui en imposait. Et, comme tout être brillant et en apparence accompli, tu n'étais que failles béantes, doutes abyssaux et angoisses nocturnes. Un cocktail auquel je ne pouvais que succomber, non par quelque improbable vocation avortée d'infirmière, mais parce que je n'ai jamais rien tant honni que l'infatuation, l'autocélébration et toute forme d'arrogance.

Aurais-je dû, dès le départ, comme Laure m'y invitait sourdement, essayer de nous mettre sous cloche ? Aurais-je dû imposer des règles, définir un périmètre de sécurité, exiger des contreparties ? Une telle entreprise m'aurait semblé vide de sens. Te savoir aujourd'hui aux côtés de ta femme me rassure. Je détesterais te savoir seul, dans un appartement qui aurait été le nôtre et serait par conséquent devenu le tien. Sans préavis. Sans dénonciation de bail. Alors non, je ne me reproche aucune faiblesse. Je ne me reproche pas d'avoir refusé tout recours à un quelconque ultimatum. Je ne nous reproche rien. Nous avons, je crois, aimé chacun des instants que nous avons passés ensemble. Nous en avons beaucoup volé. J'y ai pris un plaisir similaire à celui que j'éprouvais quand, gamin, je dérobais un sachet de bonbons dans le rayon d'un supermarché. Je le vidais alors aussitôt. Chaque sucrerie appelait la suivante. Je savais que c'était à consommer sur place, parfois même sur le parking du supermarché, à l'abri des regards, derrière une allée de caddies, une voiture ou un container de bouteilles vides. Impossible de le ramener à la maison l'air de rien. Alors j'engloutissais les preuves l'une après l'autre, toute honte bue, à m'en rendre malade. De même, j'ai dévoré chaque moment qu'il nous a été donné de partager. Avec frénésie, fermant les yeux de toutes mes forces pour qu'ils ne se posent surtout pas sur l'instant suivant. Celui où tu ne serais plus là. Je m'emplissais de toi, de crainte de manquer plus tard.

On ne fixe pas ses conditions. On a bien trop peur pour ça. On saisit la chance qui se présente : « Je descends de l'avion, Marie a un dîner professionnel, je peux venir te retrouver ? » Aurais-je dû décliner chaque fois que tu m'appelais, le cœur léger et la tête ailleurs, sous prétexte que je paraphais ainsi un contrat tacite et creusais le sillon d'un jeu aux règles faussées d'avance ? Pour me donner l'illusion du pouvoir ? Marquer mon désaccord ? Parce que nous ne rencontrions pas assez d'obstacles naturels, j'aurais dû nous savonner la planche davantage ? Je n'aurais pu trouver meilleur moyen de te faire fuir. Une opposition de principe. Une posture dissidente. T'aimer, c'était accepter une situation dont je savais tout : ta femme, ta fille et toi. Toi qui m'aimais. Moi qui t'aimais.

Je vois bien ce qui dérangeait Laure. Son sport à elle, c'est de tomber amoureuse de mecs gonflés aux hormones, fans de foot ou de rugby. « De vrais mecs ». Elle les allume, les regarde dans le fond des yeux, tâte la marchandise, soupèse, compare. Et puis, dès qu'elle les a mis dans son panier, elle s'empresse de leur reprocher ce pour quoi elle les a cueillis.

— Il passe son temps à regarder des matchs à la télé, ses potes sont lourds, ils campent littéralement dans le salon la moitié de la semaine.

— Ma chérie, tu ne peux pas tomber éperdument amoureuse d'un garçon décérébré mais avec un corps de rêve et, la semaine d'après, lui faire la gueule parce qu'il passe son temps libre entre le stade et la retransmission de matchs à la télé ! Tout ça, c'était couru d'avance.

— Je veux juste qu'il s'occupe un peu plus de moi.

— Non, tu veux le convertir. Tu veux qu'il devienne une version améliorée de lui-même, parce que tu ne comprends rien à la VO, parce que tu ne veux pas faire l'effort de lire les sous-titres. Si tu veux un mec qui ne s'occupe que de toi, t'offre de flamboyants bouquets de dahlias et t'invite à dîner dans de petits restaurants romantiques, très bien, mais ne va pas t'imaginer que tu peux choisir n'importe quel mec bien foutu dans la foule pour ensuite en faire un toutou bien dressé.

On passe la première moitié de sa vie à désirer des choses que l'on ne peut pas s'offrir et la seconde moitié à se rendre compte que l'on vit mieux sans. On comprend alors que c'est le désir qui nous portait, une certaine forme de frustration aussi. Cette envie contrariée, ce sentiment confus où l'on croit toucher du doigt l'objet de son désir pour mieux se rendre compte dans l'instant qui suit à quel point, fondamentalement, il nous a déjà échappé. Un peu comme un enfant qui, confronté à la solitude et l'ennui, finit par échafauder un royaume intime, un monde souverain, peuplé d'alliés invisibles et d'infinies utopies, se préparant alors sans le savoir à affronter les innombrables voies sans issue dont sa vie d'adulte sera pavée.

Il m'a toujours été beaucoup plus simple d'appréhender le manque que la satiété. Le premier attise ce que la seconde endort. Il en découla une viscérale propension à l'écœurement. Peut-être aussi une forme globale d'intolérance à la déception, comme d'autres au lactose ou au gluten. Dans mon panthéon personnel, les urnes renferment bien autre chose que la soif de réussite ou l'illusion de l'amour parfait. Et je crois, avec le recul que m'offre mon dernier souffle, que c'est pour cette raison que la nature même de notre relation était ce qui me la rendait si désirable. T'avoir tout à moi eût été une prise de risque très largement au-dessus de mes moyens. Je préférais t'avoir un peu, plutôt que de renoncer à toi tout à fait. Mais, surtout, je savais au plus profond de moi-même que j'étais bien plus à l'aise dans la peau du petit garçon qui s'ennuie et développe des trésors d'imagination pour embellir sa triste existence que dans celle du petit prince qui régente sa cour miniature. Je n'ai jamais eu un quelconque pouvoir et c'est très bien ainsi : j'aurais été le pire des dictateurs.

19

Hélas, mon amour, notre amour imparfait est sur le toit. Et, cent fois hélas, pas sur le toit du monde, mais sur le toit brûlant de mon cabriolet anglais. Ce cabriolet au volant duquel tu me trouvais si beau, si gai, si dé-li-cieux. « *People used to say to me that I had a beautiful smile* », comme le chantait Jay-Jay Johanson. Et le prochain chant que l'on entonnera pour moi ? « Tu es là au cœur de nos vies » ? Mais quelle horreur ! Quelle dégringolade ! Quelle risible descente aux enfers ! Moi qui ai habillé ma vie comme un défilé de mode, moi qui l'ai rêvée comme une bande-son idéale où se seraient succédé, pêle-mêle, Nick Drake, Idaho, Arcade Fire, Lost in the Trees, Sufjan Stevens, Red House Painters ou Tindersticks. La bande-son s'enraye. J'entends déjà les trémolos, les aigus qui s'égarent, l'orgue qui s'enfonce et les pleureuses qui cachetonnent. Mille fois hélas, où es-tu mon Amour ? Après cette sortie de route, ne vas-tu pas m'épargner cette sordide sortie de scène ? J'ai peur. J'ai froid. Ne t'éloigne pas de moi. Seule ta chaleur me réconfortait, seul ton sillage me rassurait.

Une dernière fois.
Laisse-moi te regarder une dernière fois.
Tu as prétexté un rendez-vous pour t'échapper du bureau et te réfugier chez toi.

Jeanne est là.
J'ai envie qu'elle soit là. Ça me rassure.
— Tu es déjà rentré du bureau, papa ? C'est hyper tôt pour un jeudi soir, non ? Je sais bien que le jeudi est le nouveau vendredi, mais je croyais que ça ne tenait que pour les moins de 20 ans.
— Je ne me sentais pas très bien, ma puce. Je ne savais pas que tu passais la soirée avec nous. Tu restes dîner ?
— Je suis juste venue faire une lessive. Le lavomatic en bas de l'appart est fermé « pour acte de vandalisme ». Tu vois le genre. Alors je me suis dit que je serais aussi bien ici pour laver mes petites culottes. Celui de Flandre est vraiment glauque. Mais, tu es sûr que ça va ? Tu as une toute petite mine. C'est maman qui a encore fait des siennes ?
— Non, non. J'ai à peine vu ta mère cette semaine. C'est les défilés en ce moment. Elle est

plus souvent dans sa berline noire qu'ici… Ne t'en fais pas. Ça va aller. Un problème au bureau.

— Bon, tu me le dirais s'il y avait quelque chose de grave, hein ? Je vais vider la machine. Il faut que je file, j'ai un truc à rendre pour mon cours de design industriel. Mais je ne pars pas tant que je ne suis pas certaine que tu n'as pas besoin de moi.

— Ça va aller, ma chérie, merci. Je crois que j'ai juste besoin de me reposer, d'être un peu seul aussi. Ne t'en fais pas. Va vider ta machine. Appelle-toi un taxi avec mon compte, mon téléphone est dans l'entrée. Je ne veux pas que tu prennes le métro avec tes culottes sous le bras. Je vais prendre une douche. Tu m'appelles quand tu es rentrée ?

— OK, papa ! Repose-toi alors. Je ne voudrais pas en rajouter, mais tu as une mine affreuse.

Ne va pas croire que ton inaptitude au mensonge ait jamais leurré ceux qui t'aiment. Ce serait leur faire offense. Et au moment où ta fille tire-bouchonne son linge dans le fond d'un sac en tissu piqué à sa mère, rien n'est plus prégnant à son esprit que la certitude que son père est au fond du trou. Sentiment d'autant plus irréfragable qu'elle te sentait sur un petit nuage depuis plusieurs mois. Elle s'était même persuadée que tu couchais ailleurs. Et cette présomption d'infidélité lui était d'autant plus délicieuse qu'elle avait le goût de la vengeance. Car ta femme et ta fille sont loin de vivre une relation symbiotique. Et tout ce qui permet de descendre la première de son piédestal ne peut que ravir la seconde. Alors, pliant ses tee-shirts en quatre, Jeanne ne peut refréner une intuition toute féminine. Intuition selon laquelle – pour une raison ou une autre, mais elle maudit la toupie qui, après t'avoir accueilli dans son lit, t'en chasse comme un scélérat – ton air de chien triste est le fruit d'un largage en bonne et due forme. Alors, de deux choses l'une, soit elle mène sa petite enquête et se fait fort de pourrir la vie, la voiture et la boîte aux lettres de la virago, mais, on le sait, venger n'est pas réparer, soit elle consacre la même enquête à une entreprise plus subtile, au dessein autrement plus louable : remettre la main sur la renégate ; lui donner, sous quelque prétexte fallacieux, rendez-vous à la terrasse d'un café et, au terme d'un brillant exposé dont les grandes lignes restent à définir, la ramener à la raison, au titre que tu es un homme formidable et que tu mérites une seconde chance. Il faudrait être le plus insensible des cœurs, la plus noire des âmes pour résister au tableau d'une fille suppliant la maîtresse de son père de reprendre ses fonctions. Le stratagème n'est pas seulement imparable, il est tout simplement génial. Il reste à défroisser les trois jeans échoués dans le fond du tambour, à plier chemisier et bagage, puis à fouiner dans ton portable pour y trouver les coordonnées de la furie qui t'a brisé le cœur en deux. Car, rien à faire : cette histoire de problème au bureau, Jeanne n'y croit pas une seconde. Tout cela, c'est bien beau mais, après avoir déverrouillé l'écran de ton téléphone portable (ta date de naissance, pas de secrets entre vous), puis balayé la totalité des messages émis ou reçus depuis environ un mois, RAS, pas d'intrus, pas le moindre prénom mystère au milieu des SMS échangés avec ta secrétaire, tes proches collaborateurs, tes amis, ta femme ou ta fille. Chou blanc. Lasse, Jeanne commande son taxi, attrape son sac en tissu, lance un « Bisou, mon papa » qui vient mourir sur la porte de ta chambre, puis claque celle de l'appartement comme un bon petit soldat qui déserte le champ de bataille avec la ferme conviction qu'il reviendra bientôt triomphant, un traité de paix à la main.

Pendant que ta chevaleresque progéniture dévale les escaliers, tu es prostré comme un animal blessé sous le jet brûlant de ta douche à l'italienne. L'eau finira bien par venir à bout de ces larmes qui creusent ton visage. Mais qui te lavera de la douleur et des regrets ? Je n'ai pas vu ma vie défiler, Mathieu, mais tu vois la tienne s'étirer.

Demain auront lieu mes funérailles. Tout à l'heure, tu as appelé ma mère, tu t'es présenté comme un ami qui vient d'apprendre « la terrible nouvelle ». Tu as bien failli craquer et dire à maman qui tu étais et tout lui balancer : notre amour, nos vies souterraines. Mais il y aurait eu quelque chose d'indécent, t'es-tu dit. C'était trop tard. Tu te l'es pris en pleine gueule. Maman avait la voix brisée, le verbe hagard et blanc, à quoi bon ? À quoi t'attendre sinon à un silence lourd, gêné et réprobateur ? Pourquoi vous l'infliger maintenant ? Quand une vie prend l'eau de toute part, mieux vaut aviser la berge la plus proche qu'écoper à la petite cuillère. C'est plus rapide et plus sûr. Et puis quoi ? Tu allais dorénavant prendre l'Autoroute de Normandie le vendredi soir pour aller passer le week-end avec celle que, dans une autre vie, tu aurais pu appeler belle-maman ? Sans me vexer outre mesure, j'aurais trouvé ça un peu ulcérant. Et puis, l'heure est à autre chose. À ta fille, par exemple. Ta fille qui se ronge les sangs. Qui voit bien que quelque chose cloche. Et plus elle y pense, plus elle se dit que la cloche masque une anguille sous roche. Il y a quelqu'un d'autre dans ta vie, elle en mettrait sa jolie tête sur le billot, sa main au feu, elle y risquerait même son bras, tout ce que tu voudras. Elle aimerait que tu lui parles. Avant que la douleur ne vous éloigne. Parce que la mort n'a jamais rapproché quiconque, c'est des conneries tout ça. Ou alors de manière tellement insidieuse que, derrière, ce sont des kilomètres de malentendus qui se dament sur une autre autoroute, sans enseigne, ni panneau, ni aire de repos. L'heure est à autre chose, oui. À prononcer des mots qui vous arrachent les entrailles, qui vous piétinent de l'intérieur, mais qui, au loin, ouvrent d'autres horizons. Pas tout à fait une rédemption, non. Mais as-tu vraiment le choix ? J'en conviens, ce n'est pas à ta femme que tu vas annoncer que tu n'es pas celui qu'elle croit. Il y avait Xavier, mais Xavier est mort. Et tu ne sais pas comment continuer à avancer sans lui. Il faudrait vraiment aimer l'idée de la punir pour lui infliger cette compétition avec un mort. Ce serait dégueulasse. Ce ne serait pas toi. Alors, c'est bien à Jeanne que tu peux parler. Bien sûr, ce sera difficile. Bien sûr, son visage trahira, sinon une réticence, du moins une déception. Parce que c'est dur à avaler. Parce que rien ne la prépare à ça. Parce que c'est beaucoup demander, quand bien même elle n'est dupe de rien. Ton couple claudicant et exsangue. Les « dîners en famille » du jeudi soir que, très vite, étouffe un lourd silence. Chacun essaie, mais personne n'y parvient vraiment. Et puis, il est temps de la rassurer. Temps de lui montrer qu'en son père sommeille un homme qui a aimé, ri, pleuré. Ça n'a l'air de rien peut-être, mais elle a besoin de ça, Jeanne. Alors, vas-y. Laisse ma pauvre mère en paix. Tu ne peux plus rien pour elle, ni pour moi. Pense à elle de temps en temps et pense à moi souvent. Ça ira bien comme ça, on se débrouillera. On a l'habitude.

Marie

1

— Tu es sûr que tu ne veux pas faire un détour par la maison ? On peut s'autoriser un quart d'heure de politesse, cela te permettrait d'enfiler quelque chose d'un peu moins formel, non ?

— Non, je t'assure, ça va, à moins que tu ne m'assumes pas comme ça ? Tu as honte de moi ?

— Mais non, voyons, c'est pour que tu sois plus à ton aise. Je sais que tu n'es pas très friand de ce genre de mondanités. Je me disais que tu avais peut-être envie de te rafraîchir et de mettre quelque chose de plus décontracté ?

— Nous sommes presque arrivés, c'est trop tard, Marie. Je n'ai vraiment pas le courage.

Pourquoi en suis-je encore à m'agacer de la couleur de son costume, à guetter la tache sur sa cravate, le faux pli sur son pantalon ? D'où me vient ce besoin de le régenter ? En a-t-il toujours été ainsi ? Ai-je toujours été cette femme qui ne sait que prescrire ou proscrire ? Quand Mathieu a-t-il cessé de m'émouvoir avec son pantalon en accordéon, son beau corps maladroit et son air de n'avoir jamais rien choisi vraiment ? Je ne me souviens plus d'à quel moment nous sommes devenus cette chose bougonne, monotone et grise, ce rafraîchissoir à désir. N'avons-nous donc jamais tenté d'être autre chose ? Et pourquoi ? Quand avons-nous commencé à nous scruter comme deux espèces prédatrices l'une de l'autre ? Quand le plus insignifiant sujet est-il devenu matière à nous affronter poliment, masquant si mal notre agacement que la moindre étincelle pourrait déclencher un torrent de reproches que nous serions l'un et l'autre incapables d'entendre tant ils se sont constitués en strates denses, l'un enterrant l'autre un peu plus profondément sans parvenir à l'étouffer ? Notre couple est devenu ce tiroir à archives dont l'un ou l'autre peut – sans s'encombrer de contexte ou de chronologie – extraire un reproche ou un malentendu vieux de dix ans et le constituer en pièce à conviction, faute ou manquement. Notre famille entière est devenue cette salle d'audience où chacun est juge et partie, témoin et coupable désigné. Voilà pourquoi Jeanne s'est enfuie. Voilà pourquoi nous nous sommes résignés et réfugiés dans nos carrières, dans d'autres vies peut-être.

Ai-je si bien su composer mon personnage que même mon mari ne cherche plus à reconnaître celle que je suis derrière le masque grimaçant de Marie S. ? Il est certes parfaitement rodé. À tel point que ce n'est plus vraiment un personnage. Plutôt une seconde peau, que je vêts et dévêts à loisir. J'ai appris à sourire par convenance, à nourrir la plus insipide des conversations. Je peux même rire sur commande avec un naturel déconcertant. Il arrive un moment où, dans une carrière, on n'est plus jugé sur la manière dont on s'acquitte de ses fonctions, mais sur celle dont on les habite. Cette règle d'airain, je l'ai faite mienne depuis longtemps. Il m'arrive de ne plus savoir quand je cesse d'être moi-même.

Faire entrer Mathieu dans mon arène n'a rien d'anodin. Sa présence m'expose. J'ai beau avoir pris l'habitude de jouer avec le feu, je sais que je prends un risque en arrivant à son bras ce soir. Mais je n'ai pas trouvé de meilleur moyen de refroidir les ardeurs de Thierry C. J'ai eu la faiblesse – la bêtise ? – de coucher deux ou trois fois avec Thierry. Sans doute un peu plus en vérité. Cela fait des années que l'on se croise mais je ne l'avais jamais vraiment regardé. Ou je me l'étais interdit. C'est un bel homme. Un peu trop peut-être. Ça lui donne une assurance qui confine à la démonstration de force. Je n'ai jamais été à l'aise avec ce genre de type. Je ne sais pas comment me soustraire à leur regard. Je retiens mes sourires et me dérobe à moi-même, espérant les calmer. Je ne me complais pas dans le rôle de la proie. J'en fuis le présage.

J'avais donc toujours trouvé préférable de décliner les invitations à déjeuner ou à dîner de ce bellâtre notoire, même si elles avaient un alibi professionnel. Et puis il s'en est présenté une que je n'ai pas pu refuser. Nous devions passer en revue le planning publicitaire de l'année. L'avenir du magazine en dépendait et Mathieu était en déplacement. Il m'arrive d'avoir besoin de me sentir regardée, désirée peut-être. Je ne pouvais pas mieux tomber. Le hasard ne place pas un Thierry C. sur votre chemin pour d'autres raisons. Je mentirais si je disais que la première fois m'a déplu. Thierry est un bon amant, même si sa bestialité maîtrisée et ses paroles convenues ne sont pas de nature à déstabiliser une femme comme moi. Une stagiaire à la rigueur. Cette maîtrise académique m'a fait l'effet d'une conversation que l'on peut quitter à tout moment et y revenir avec l'assurance que l'on pourra toujours l'enrichir d'un bon mot. Sans craindre d'être hors sujet. Elle m'a aussi donné le sentiment que mon corps était parfaitement interchangeable. Mais ce n'était pas pour me déplaire non plus. Les fois suivantes, j'ai compris qu'il faisait partie de ces types qui font avant tout l'amour avec eux-mêmes. Pour peu qu'il y eût un miroir dans la chambre, c'était l'apothéose. Interchangeable et dispensable. Autant faire du cardio à ce compte-là. Bref, ça a assez duré. Il est temps qu'il cesse d'inonder ma messagerie de ses tombereaux de déclarations crypto-érotiques. C'est passé, c'est comme ça.

Traîner mon mari à une soirée organisée par ce qu'il est convenu d'appeler mon amant ressemble à un suicide social. Mais je sais que Thierry est beaucoup plus vulnérable dans son costume cintré qu'entre mes cuisses. Et la soirée a lieu dans les salons de la société dont il dirige le pôle communication. Il ne tentera rien. Un regard un peu appuyé tout au plus. La présence de Mathieu dégommera le Don Juan, genou à terre, regard de braise éteint. Incendie circonscrit.

Des Thierry C., il y en a eu d'autres. Quelques-uns. Ils ont tous eu le bon goût de revenir à un moment ou à un autre à l'ordinaire de leur vie maritale dont je préfère tout ignorer. Je ne me juge en aucun point supérieure à ces hommes auxquels je m'abandonne. Leurs étreintes ne sont pas plus mesquines que les artifices que je mets en branle pour me défaire de la piètre image que j'ai de moi-même. Je maintiens l'illusion et c'est à peu près tout ce qui m'importe. J'ai dû beaucoup tanner ma peau pour rendre crédible cette posture distante et blasée, gommer les aspérités, lisser la carapace jusqu'à lui donner cette consistance opaque et froide. J'aime en jouer. Surjouer Marie S. jusqu'à chasser tout ce qui pourrait m'exposer d'une quelconque manière. Que l'on me réduise à quelques éléments de langage, une silhouette monolithique, une autorité léonine, je n'y vois que des avantages.

Pourquoi me fourvoyer de la sorte ? Pourquoi abandonner mon corps aux mains d'un obscur directeur de la communication ? L'ennui ? Le défi ? Le manque ? Peut-être un peu tout cela à la fois. Mais si je laisse Thierry C. me regarder, c'est d'abord parce que Mathieu, lui, ne me voit plus. Ou ne m'a peut-être jamais regardée. Me sentir délaissée dans mon propre royaume, ce n'est pas l'idée que je me faisais de notre couple. Et briller en sa périphérie ne me suffit pas toujours. Je voudrais l'éblouir mais ne parviens qu'à lui en imposer, le contraindre là où il faudrait l'écouter, le surprendre, le séduire peut-être aussi. Et voilà qu'il a déjà disparu. Où sont-ils, lui et son costume froissé ? Je n'ai tout de même pas forcé la main de cette bécasse d'attachée de presse pour qu'il disparaisse aussi sec ! Quelqu'un a vu mon mari ? Oui, on l'a aperçu dans le petit salon, il y discutait avec le journaliste Xavier N. ? Fort bien, s'il passe un agréable moment, c'est parfait : il ne viendra pas me reprocher de lui avoir imposé cette soirée interminable. Je vais moi aussi essayer de me détendre. Il n'y a pas de raison après tout. Il ne reste qu'à trouver quelques complices.

Je ne suis pas dupe. La moitié de la profession me regarde comme une espèce en voie d'extinction. Dans dix ans tout au plus, les magazines comme le mien n'existeront plus ou se seront débarrassés des plus gros salaires, dont je suis. La pagination chute à chaque numéro, les annonceurs ont trouvé d'autres terrains de jeux que notre papier de moins en moins glacé. Ce poste arraché au prix de piges indigentes ne me vaudra pas de médaille. Une jolie voie de garage et encore. Bientôt, l'éditeur nous lâchera, il fera entrer un nouvel actionnaire qui s'empressera de transformer ce qu'il reste du magazine en une « marque » qu'il vendra aux plus offrants sous forme de séminaires d'entreprises, de cellules de conseil à destination de services marketing en berne, de salons plus ou moins professionnels. Il restera un vague support numérique chapeauté par un trentenaire issu de Sup de Co, obsédé par le référencement, la récurrence des mots clés et le recrutement de nouveaux annonceurs. Alors, oui, je profite de ce qui ressemble de plus en plus à une trêve, un répit. J'impose le sujet de conversation, j'en fixe le tempo, je m'agace, je crie au génie ou à l'imposture et je clos le débat en tournant les talons vers un interlocuteur que je juge plus important ou juste pour aller réclamer un verre d'eau gazeuse au maître d'hôtel, au serveur ou à l'attachée de presse elle-même si le hasard l'a placée dans mon champ de vision. Alors peut-être serait-il plus honnête de parler de victimes plutôt que de complices. Mais je suis loin d'être le seul bourreau à porter la robe fourreau. Nul n'est censé ignorer qu'il est ici soit un prédateur, soit une proie. Appartenir à la seconde catégorie suppose de savoir se soumettre docilement à la première : être une oreille – consentante ou non – réquisitionnée pour endurer rumeurs en tout genre ou composer à la hâte un généreux réceptacle à états d'âme, dans lequel on crachera, sans s'encombrer de tri sélectif, tout ce que l'on a sur le cœur. « La presse ne va pas bien, du tout, t'as vu les chiffres ? Pinterest nous a fait du mal, mais Instagram est en train de nous achever, on va droit dans le mur. La bouffe est immonde. J'ai trop chaud. Le champagne est tiède. La collection est affreuse. C'est vraiment bleu cette couleur ? Vivement qu'on se couche. »

2

Un peu trop absorbée par le piège que je pense tendre à Thierry C., je m'aveugle comme une idiote. Je refuse de voir que je ne vais pas sortir indemne de ce dîner. Deux êtres se reconnaissent. Un troisième en fait les frais. En voulant décourager mon amant, j'invite Mathieu à rencontrer l'homme que la vie lui a volé.

À table, j'observe Mathieu. Il est prolixe, gai, drôle. Il est de toutes les conversations, comme soudain porté par une étrange allégresse. Le champagne me donne la migraine. J'ai envie de rentrer. Moi qui espérais que Mathieu me pousserait rapidement vers le vestiaire, puis vers la sortie, soupirant un las « Que c'était long ! », je vois les rôles s'inverser. Je tente d'attirer l'attention de mon mari pour l'exhorter à fuir les lieux. Il se délecte d'un vol-au-vent « traiteur » et se laisse servir une nouvelle rasade de chablis grand cru. Il ne manque que les œillades de Thierry C. pour faire de ce tableau une croûte intégrale. Alors, saisissant au vol la remarque de ma voisine de table, « tu es pâle, tu te sens bien, tu es sûre ? », j'en profite pour relayer l'information à l'ensemble de la tablée. Galant homme, Mathieu propose de prendre congé et salue avec élégance ceux qui ont fait du supplice attendu une soirée finalement très agréable. Pour lui tout du moins.

Je l'ignore encore mais, à partir de cet instant précis, je vais lentement mais sûrement perdre Mathieu. Et comprendre que, loin d'être un simple bouclier contre les importuns ou la solitude, il était bel et bien l'homme de ma vie, ma force, mon assurance même.

3

Je nourris une défiance de fond vis-à-vis des réseaux sociaux. Sans doute parce qu'ils incarnent cette immédiateté qui enterre chaque jour davantage tout ce pour quoi je me suis toujours battue. Le recul nécessaire que tout journaliste se doit d'observer à l'égard d'une information avant de la relayer. La vérifier, la contextualiser, l'analyser pour, enfin, la traiter avec objectivité. Mais je refuse de me considérer comme une simple réfractaire même si ce phénomène me grignote chaque jour un peu plus des parts de marché et ringardise mes convictions. Je revendique simplement le droit à la circonspection. Je prie en secret pour que la fumisterie soutenue par l'adage « j'ai un téléphone portable donc je suis » vole en éclats. Je me convaincs moi-même que les générations qui se sont désenamourées de la lecture matutinale d'un vrai journal ou vespérale d'un bon magazine finiront par comprendre que leur connexion au monde est biaisée. J'avoue me plaire à n'entendre pas grand-chose à la technologie. C'est une stagiaire coiffée de la double casquette *brand content* et *social media* qui m'a donné les clés d'un profil Instagram déjà suivi par près de 700 000 personnes avant même que je n'aie publié la moindre image. Logique, c'est le compte du journal. Comble de l'ironie, à mesure que les ventes en kiosques s'effondrent aussi sûrement que les falaises d'Étretat, chaque photo que je poste recueille un minimum de 10 000 à 12 000 *likes*. Davantage que le nombre d'abonnés qui continuent à me faire un chèque de 39,90 euros en échange de douze numéros par an, une serviette de plage monogrammée et une bougie parfumée fragrance « lait de figue » sélectionnées par le service marketing. Lequel choisit aussi quelle image je dois poster, à quelle heure, la nimbant d'une cohorte de hashtags incompréhensibles. Ma dernière liberté de journaliste s'exerce dans les images que je choisis de *liker* avec une méthode éprouvée, alternant jeunes créateurs, artistes émergents et galeristes installés. J'y consacre trente à quarante minutes par jour. Sans grande conviction mais avec ce sérieux qui engourdit chacun de mes gestes.

Lorsque la photo est apparue sur l'écran de mon téléphone portable, j'ai d'abord esquissé un sourire. Mathieu partage ma réserve naturelle vis-à-vis des réseaux sociaux, cette manière dont on y jette désormais en pâture tout ce que l'on avait jalousement gardé pour soi jusqu'alors. Il y apparaissait malgré lui sur le selfie de Nancy W., une jeune styliste anglaise de passage à Paris qui dînait avec des amis dans un restaurant japonais de la rue Sainte-Anne. J'aime l'univers de cette fille dont les coupes sont toujours justes, honnêtes. Sa manière d'associer une palette franche à de discrets motifs qu'elle pioche dans un alphabet qu'elle a elle-même mis au point. J'en étais presque à écrire une brève sur cette Nancy W. Je détaillais l'arrondi du col de son chemisier quand, zoomant sur ses boucles d'oreilles, là, à droite de sa chevelure négligée, je reconnus le visage de mon mari. Mathieu y arborait son plus beau sourire. La netteté de l'image en était troublante. Accablante. Sans le savoir, mon mari dînait à côté de la future papesse de la mode. Et par le truchement de l'écran de mon téléphone portable, je contemplais cette image volée. Une parmi tant d'autres. J'aurais presque pu en rester là. Dézoomer d'un geste conjoint du pouce et de l'index, passer à l'image suivante à l'aide de mon majeur, reprendre ma place dans le flux étourdissant. Je me voyais déjà, accueillant Mathieu quelques instants plus tard d'un ironique « Heureusement que tu ne dînais pas avec ta maîtresse, figure-toi que tu apparais sur… ». Mais ce type, là, en face de Mathieu ? Ce type qui le dévore littéralement des yeux. C'est... Xavier N. ? Que fait *mon* Mathieu avec Xavier N. ? Et, à peine la question résonnait-elle dans ma tête, à peine l'avais-je formulée que je sentis mon corps tout entier se tendre. Pourquoi avait-il prétendu dîner avec un partenaire financier si c'était pour finir dans un restaurant japonais avec un pigiste croisé quelques semaines plus tôt dans un cocktail presse ? Pourquoi ce mensonge ? Et là, sans préavis, le flux d'images, le flot de mensonges, la femme flouée. Je zoome à nouveau. Je n'en crois pas mes yeux. J'hésite à appeler Mathieu. Il y a forcément une explication. Son dîner professionnel a été annulé au dernier moment. Mathieu a croisé Xavier par hasard. Il n'a pas eu le temps de me prévenir. Il le fera en rentrant tout à l'heure. « Tu ne devineras jamais avec qui j'ai dîné. Tu sais, Xavier N. ? Nous nous sommes rencontrés alors que je sortais de rendez-vous. Mon dîner venait d'être annulé. On a bu un verre, deux verres. Puis on a dîné ensemble. Très sympa. Je le soupçonne de crever d'envie de bosser pour toi, mais j'ai passé une très bonne soirée quand même. Tiens, il m'a laissé sa carte. Si tu cherches une plume. Tu savais qu'il était le dernier journaliste à avoir interviewé Pierre Paulin ? On devrait l'inviter à dîner à l'occasion. C'est vraiment un garçon formidable. »

Voilà. Voilà exactement la manière dont les choses se passeraient. Je surenchérirais. « Si, justement, je sais avec qui tu as dîné. Et tout le monde de la mode est aussi au courant. C'est amusant et terrifiant. Les réseaux sociaux dans toute leur splendeur. » S'ensuivrait une conversation sur le droit à l'image, la gastronomie japonaise et l'avenir prometteur de Nancy W. Puis on se coucherait, on feuilletterait, qui un magazine économique, qui une nouvelle de Joyce Carol Oates. On s'embrasserait peut-être un peu trop du bout des lèvres.

Oui, le désir se dissout dans les noces de plomb, de porcelaine ou d'opale. Mais on est là l'un pour l'autre. On a construit une histoire, un semblant d'équilibre. On est lié par une forme de contrat. Et quand bien même on sait avoir franchi un cap, à partir duquel c'est le sommeil qui vous offre la plus langoureuse des étreintes, cet abandon-là parvient à vous convaincre qu'il est le plus précieux de tous.

Peut-être qu'une faille, invisible, à peine perceptible, vient de s'inviter. Peut-être qu'elle ne demande d'ores et déjà qu'à s'épanouir. Cette nuit-là, quand Mathieu me rejoindra dans notre lit autorisant une considérable distance de sécurité, rien ne se dira, sinon le silence. Un silence conforté par le sillage inhabituel de Mathieu qui, bien davantage que le froissement du drap, m'extraira de mon sommeil. Comme si un autre homme venait de prendre place à mes côtés. Mathieu émet un soupir dont nous cernons tous les deux la signification. Moi dans un demi-sommeil qui refuse le conflit. Lui dans une conscience exacerbée, pâteuse et, déjà, lourde. Ce subtil cocktail à base de culpabilité, d'excitation, d'envie et de renoncement. Quelques heures plus tard, Mathieu est déjà sous la douche, déterminé à fuir l'appartement et tout affrontement. Persuadé que les explications s'en remettent d'elles-mêmes aux calendes grecques, et que ce sentiment de culpabilité va se dissoudre dès qu'il aura franchi le seuil de la porte. Mais j'ai déjà émergé de ce sommeil sans rêves et, depuis le lit, je guette chaque bruit, chaque odeur rythmant le petit-déjeuner de mon mari. L'ouverture d'un placard. Le parfum d'un toast qui se pare de reflets charbonneux entre les résistances. L'infâme bruit de gorge de la machine à expresso que compensent les douces volutes qui s'en échappent. Je m'extrais des draps, retape mon oreiller pour me donner du courage, me faufile dans la cuisine avant qu'il n'ait eu le temps de la fuir. Je l'embrasse malgré tout, l'étreins presque :

— Tu es rentré tard, non ? J'en déduis que ta soirée s'est bien passée ?

— Oui, ça s'est un peu éternisé. Désolé si je t'ai réveillée. J'ai un peu trop bu, je crois.

— Clairement. Tu empestais le rhum.
— Ne m'en parle pas, j'ai une de ces migraines. J'espère que cela va se calmer avec le café et les deux cachets que je viens d'avaler. Bon, je file. J'ai une grosse journée. À ce soir ?
— Non, j'ai un dîner avec un gros annonceur. Je m'en passerais bien. Tu ne devais pas voir Philippe et Guillaume, toi, d'ailleurs ?
— Ah oui, c'est vrai. Je crois que je vais reporter. Pas le courage d'enchaîner. Je vais rester là sagement.
— Sagement ?
— Façon de parler. Au calme, si tu préfères.
— Je préfère en effet.

4

Avant de devenir une femme insatisfaite je fus d'abord une enfant modèle, puis une étudiante accomplie. J'ignore dans quelle mesure une étape a influencé l'autre. Et je ne suis pas certaine que l'on puisse parler ici de réussite. Cela ressemble davantage à une longue série de sacrifices et de désillusions. Pas mal d'amitiés laissées sur le bas-côté aussi.

Ma quête de perfection fut à ce prix, même si j'eus très tôt conscience qu'elle n'est pas l'ennemie de la médiocrité, mais sa voisine de palier, sa cousine mitoyenne. Le cancre comme le premier de la classe sont des composantes essentielles à tout écosystème scolaire. Sans eux, le corps enseignant ne ferait que roupiller, ressassant d'une année sur l'autre les mêmes phonèmes, les mêmes théorèmes, les mêmes poèmes. Non contente de collectionner les bons points, les A, les 20 et les félicitations du jury, je pris très tôt un malin plaisir à ne fréquenter que les pires éléments de ma classe. J'avais compris que la saine émulation n'est qu'une utopie et je préférais enrichir mon vocabulaire en me confrontant à des gens que je savais moins brillants que moi et dont, paradoxalement, j'avais bien davantage à apprendre qu'en me cantonnant à un cercle d'amies parfaites, au pedigree impeccable et aux schémas de pensées formatés.

Mon père y voyait le fantasme d'une rébellion petite bourgeoise. Il comparait volontiers mon appétit pour les fréquentations de fond de classe à ses propres exploits de jeunesse, lorsqu'il avait tapissé les murs tout en moulures et stylobates de sa chambre d'adolescent à l'aide d'étiquettes de boîtes de petits pois. « Oui, de petits pois, ma chérie. C'est dire si j'en ai fait des conneries, moi aussi ! Alors, vas-y, perds ton temps avec cette jeunesse qui ne croit en rien et dont l'ambition ultime est de profiter du système... De toute façon, on sait tous les deux où ça les mènera dans cinq ou dix ans : directement dans les files d'attente de l'ANPE. Alors, je ne vais certainement pas m'excuser de vouloir autre chose pour ma fille qu'un fainéant, un type incapable de subvenir aux besoins de sa famille autrement qu'en vivant au crochet de la société à laquelle il prétend ne pas vouloir appartenir. »

Cette famille qu'il portait à bout de bras était la grande affaire de mon père. Sa grande fierté aussi. S'il nourrissait de hautes ambitions pour moi, il ne manquait aucune occasion de clamer sa mâle suprématie et de rappeler ses devoirs à celle qui tenait la maison et lui remplissait l'estomac. Ma mère. Cette femme qui incarnait le parfait contre-exemple de ce à quoi il aspirait pour moi. Parce que lui-même l'avait toujours voulu ainsi. Parce que ma mère avait été programmée pour être un utérus, un ventre, une paire de mamelles, puis de bras pour me porter, me consoler, m'étreindre, moi qui serais cette fille parfaite car unique. Cette toute-puissance paternelle eut pour conséquence de faire de moi une enfant surprotégée. Élevée dans un bas de contention, je sentis très tôt à quel point mes gestes se devraient d'être aussi mesurés que je les savais observés.

Avocat reconnu, homme respecté et craint par son entourage, mon père me condamna très tôt à l'excellence. Au triumvirat bac scientifique, khâgne, hypokhâgne. Il me tint éloignée de toute distraction, de toute source de perdition, de tout écran de télévision. C'est à lui que je devais réciter mes devoirs le soir venu, rendre des comptes ou supplier pour obtenir la moindre trêve :

piscine entre copines, goûter d'anniversaire, soirée pyjama, boum. En dépit de mes très bons résultats scolaires, il semblait que la moindre requête du genre n'eût été que la traduction à peine voilée d'un laisser-aller qui, à moins d'être tué dans l'œuf, se ferait bientôt laxité. Ma mère n'était que la spectatrice muette de cette éducation à la française qui devait me mener au firmament. On lui savait gré de ne pas s'aventurer à donner son avis trop au-delà de son maigre champ de compétences qui, hors les quatre murs de sa cuisine, montrerait assez rapidement ses limites. On ne l'avait pas épousée pour ses talents pédagogiques, mais pour son organe reproducteur, son approche méthodique du nettoyage des vitres et sa tarte au citron, qu'on s'enorgueillissait pour elle d'être parmi les plus goûteuses que l'on eût jamais mangées. On parlait souvent pour elle, on lui épargnait l'embarras de dîners où elle n'aurait su que s'enferrer dans des lieux communs et où elle se serait de toute façon ennuyée. On l'habillait avec soin pour mieux lui interdire l'accès à tout ce qui aurait pu lui permettre de faire rayonner sa beauté ou son esprit qu'elle avait, au demeurant, beaucoup plus développé que mon père ne voulait bien l'imaginer.

À mesure que je grandissais sous l'égide de ce père aux méthodes dignes d'un précepteur autrichien, maman devint un membre invisible et silencieux de la famille. Aguerrie par les armes dont mon éducation me nantissait, je conçus quant à moi une forme de dégoût pour cette muette acceptation d'un sort que je jugeais indigne d'une femme ayant grandi dans les années soixante. Je me jurai très tôt qu'une fois débarrassée de la pesante autorité de mon père, je ne laisserais personne décider pour moi ce que je devais penser, faire ou porter. Je ne serais pas cette femme réduite au rôle de figurante qui, à la moitié de sa vie, menaçait à tout moment d'envelopper son corps dans une blouse informe, de raccourcir sa chevelure d'un tiers et de la rehausser de reflets auburn. Je ne laisserais personne faire de moi une bonne femme, une bonne petite ménagère attendant sagement que son époux daigne rentrer de sa partie de chasse, de tennis ou de jambes en l'air. Non, je ne me languirais pas de la présence d'un homme dont je ne saurais plus très bien si je l'aime, si je l'admire ou si je le crains. À tant vouloir faire de moi un bon petit soldat, mon père m'avait apporté sur un plateau de quoi fuir son autorité et devenir l'exact opposé de ce à quoi il avait condamné ma mère.

Je ne le détestais pas.
J'ai grandi dans une belle et grande maison bourgeoise.

J'ai senti l'étreinte de l'ennui.
J'ai étudié, lu et fait mille voyages.
J'ai contemplé l'absence et le renoncement.

J'ai acquiescé chaque fois qu'il m'appelait son « bon petit soldat », sa manière à lui de me témoigner son *amour* paternel.

J'ai beaucoup attendu d'autres signes. Mais le général S. ne savait que remettre des galons lors de cérémonies emphatiques et froides.

Je ne me souviens plus s'il m'a une seule fois prise dans ses bras. Je ne l'ai jamais vu embrasser ma mère ailleurs que sur le front. Comme on le fait d'un défunt.

Il condamnait toute forme d'épanchement et il me semblait devoir adhérer sans réserve à chacun de ses dogmes, à son cynisme même. Je me convainquis très tôt qu'il n'était aucun désir que ma volonté ne pût dominer.

Un soir de janvier – je devais avoir 12 ou 13 ans – mon père rapporta du bureau une pile d'agendas offerts par ses clients. Il ne jurait que par l'épais vélin de celui qu'il achetait dès le mois de novembre – toujours le même –, ayant horreur du changement tout autant que de l'imprévu. Je crois ne l'avoir jamais vu utiliser qu'un seul stylo. Le lendemain, je trouvai les agendas en tas dans la remise, prêts à finir au feu ou à la poubelle. Je les subtilisai sans savoir ce que j'allais bien pouvoir en faire. Je n'ai jamais été cette adolescente qui noircit à parts égales de rêves et de frustrations les pages d'un journal intime. Rien ne me donnait l'impression de mériter une telle consigne. Mais ces agendas me firent l'effet d'une brèche qui allait me propulser dans la rigueur de l'âge adulte, là où tout allait avoir du sens, une fonction et un ordre. Reliés et parfois rehaussés d'enluminures, ils avaient un tout autre sens que mes cahiers de textes austères dont je devais soumettre la lecture à mon père chaque dimanche soir. Je commençais à les remplir de rendez-vous fictifs, annotations ou mémorandums. Les quatre couleurs de mon stylo me permettaient de dissocier les grands temps forts de la semaine : travail, loisirs, vie familiale et réflexions en tout genre. Le soir venu, je contemplais avec satisfaction la manière dont ma vie s'organisait. J'avais joué sans conviction à la marchande, au docteur ou à la poupée, je découvrais le seul plaisir qui vaille : jouer à celle que je serais plus tard.

À 22 ans, je pénétrerais une dernière fois dans cette demeure embaumant à parts égales l'encaustique dont ma mère oignait le moindre meuble de famille et le vétiver entêtant de mon père. J'annoncerais ma décision d'arrêter Sciences Po. Parce que j'aurais envie d'autre chose. J'aurais commencé à écrire des piges, à gagner un peu d'argent. On me trouverait du talent, une jolie plume, on me promettrait une belle carrière de journaliste. Dans le pire des cas, je verrais bien où cela me mènerait. Je ne remercierais jamais assez mon père pour la manière dont il m'avait accompagnée, soutenue, conseillée. Mais il fallait maintenant que je me forge d'autres armes, l'heure était venue de faire mes propres choix.

Ma mère essuierait un sourire discret et le regretterait aussitôt. Mon père parlerait de sabotage, s'échaufferait et me promettrait que jamais il ne serait question que je revienne dans cette maison pour pleurer de quoi payer mon loyer. Il avait espéré autre chose pour moi, il serait déçu, oui, très déçu. Il se sentirait trahi, « Et tout ça pour ça » et « Je ne te retiens pas, tu sais où est la porte ».

Cet acte de dissension vengea-t-il ma mère qu'un ilotisme bourgeois avait bafouée au point de la faire renoncer à toute ambition ? Cette mère plus prompte à brûler son torchon par mégarde que son soutien-gorge par rébellion avait accompagné mon départ d'un timide sourire. Quelques jours plus tard, elle m'avait fait parvenir une enveloppe contenant quelques billets. Ça m'aiderait à payer une partie de mon loyer. Elle n'avait pas pu retirer davantage sans prendre le risque d'attirer l'attention de mon père. Ma mère puisait enfin dans mon émancipation le courage qui lui avait toujours fait défaut. Elle ne s'était tout simplement pas assez aimée pour faire valoir son droit à autre chose. Je ne serais jamais cette femme. Je me promettais de ne jamais regretter d'avoir choisi d'être moi-même. Je me prédisais un bel avenir. Et pour être tout à fait en accord avec ce choix, j'allais renvoyer l'argent à ma mère en la suppliant de le garder pour elle. Au cas où.

5

Débarrassée de l'ombre encombrante de mon père, je n'eus aucune peine à trouver douillet l'inconfort de ma nouvelle vie. Je pris un plaisir coupable à embrasser du regard mon nouveau royaume, si modeste fût-il. Une chambre de service, à peine une studette, nichée sous le toit d'un immeuble bourgeois du 5e arrondissement. On y accédait par un vieil escalier où même la concierge ne s'aventurait guère plus d'une fois par semaine, déplaçant la poussière d'un paresseux coup de balai.

Chaque palier était comme les coulisses de ces grands appartements auxquels on accédait par un autre escalier, d'apparat celui-là. Avec murs en trompe-l'œil, épais tapis rougeoyant à motifs arabisants et appliques murales en verre de Murano. Celui que j'empruntais pour accéder à mes onze mètres carrés était éclairé par de tristes ampoules que je devais réveiller à mi-parcours à l'aide d'un interrupteur à minuterie qui m'évoquait celui de la cave paternelle, saint des saints où périssaient de grands crus bourgeois que personne ne boirait jamais. Ni moi ni ma mère en tout cas. Ce goût sirupeux de vieux madère boisé nous donnait des haut-le-cœur.

Humant les odeurs de ménage qui s'échappaient de ces portes de cuisine que plus personne n'ouvrait depuis des lustres, j'imaginais la vie que j'y vivrais dans trois, cinq ou dix ans. J'allais donner tort à mon père et, de cette voie dérobée, faire un escalier d'honneur où j'inscrirais mon nom – *son nom* – en lettres majuscules, police bâton. Bientôt, on ne jurerait plus que par ma plume, ma détermination, mon intuition. Cela prendrait le temps que ça prendrait, mais rien ne parviendrait à m'écarter de ce chemin que je m'étais choisi. Rien ni personne. Il n'était pas né celui qui me collerait en cuisine, deux mouflets dans les jambes. « À ce soir, ma chérie. N'oublie pas de passer au pressing. Je ne retrouve plus ma chemise bleue. Je vais rentrer tard, je n'aurai pas le temps. Je suis débordé, fatigué, épuisé. J'ai autre chose à faire, tu t'en occupes ? Pas ce soir, pas ce week-end, sans moi, je compte sur toi, je suis en réunion, je te rappelle. » Non. Rien de tout cela n'arriverait. Depuis ma chambre de bonne, je fomentais mon plan de carrière avec la méthode d'un capitaine préparant la bataille qui ferait de lui un général.

En bonne fille d'avocat, j'ai très tôt su faire mon propre procès, consciente de mes qualités (littéraires, organisationnelles, plastiques) et de mes limites (culturelles, relationnelles, culinaires). Le gain de temps fut considérable. Mon appétit, frugal, me permettrait de me contenter de la supérette du coin : fruits, salades, fromage, petit beurre et une bouteille de côtes-de-blaye de temps en temps.

L'autre n'a jamais été mon fort. Plutôt une citadelle imprenable, une énigme que je ne suis jamais parvenue à résoudre. Mon père m'a aussi appris à vivre sans. Pas question d'inviter des copines de classe à la maison le mercredi ou le samedi après-midi. Elles auraient fouillé dans les tiroirs, rayé les disques, sauté sur mon lit à pieds joints, fatigué ma mère. Il ne fallait pas déranger. Encore moins être redevable. Je me devais de décliner toute invitation que je n'aurais pas été en mesure de rendre. J'avais mieux à faire. Étudier, lire, progresser, aider ma mère. Ranger ma chambre. Quand bien même il n'y régnait jamais un grand désordre. J'ai fini par embrasser le précepte. Peut-être aurais-je aimé garder quelques bonnes copines de fac, lesquelles seraient devenues mes amies pour la vie, qui ma demoiselle d'honneur, qui la marraine de

Jeanne, qui la bonne copine qui vient pleurer sur votre épaule ou vous réconforter quand sa/votre vie se prend les pieds dans le tapis. Mais cela n'a jamais tenu au-delà d'une année ou deux. Il y avait toujours un garçon pour soudain occuper tout le paysage, un malentendu, une trahison, un désaccord idéologique insurmontable. Plus l'amitié était fusionnelle, incandescente et fulgurante, plus elle contenait en elle le germe d'une issue radicale et définitive.

Les onze mètres carrés de ma chambre de bonne suffisaient donc pour l'instant à contenir l'intégralité de mon monde. Mes parents n'y mirent jamais les pieds, prétextant l'absence d'ascenseur. Je finis par y vivre comme dans un bureau assez grand pour accueillir mon ambition et mon lit. J'étais armée pour affronter un apprentissage solitaire, même si je pressentais que mon isolement creusait un fossé béant entre moi et l'époque dans laquelle je vivais. Mon éducation bourgeoise et recluse avait fait de moi une rétrograde collatérale. Je ne me sentais pas foncièrement en décalage : je suivais l'actualité, j'allais au cinéma, je connaissais le nom des deux ou trois artistes populaires. J'aimais les vieux films français, Renoir et Clouzot en tête. Et ceux de Woody Allen. Mais j'ignorais tout ce qui démange, égratigne, déchire, estomaque ou révulse. On m'avait appris à admirer religieusement, à lire et critiquer avec réserve. Je ne m'étais jamais enflammée. Pour rien, ni personne. Longtemps contrainte par le port d'un voile invisible, j'allais devoir apprendre à me laisser aller, déboussoler, décontenancer.

6

Un soir que je passais devant l'École du Louvre, je poussai la porte et, sans l'avoir prémédité vraiment, m'inscrivis à un cours d'histoire de l'art. J'y apprendrai que la beauté d'une représentation peut détremper l'instant. Je m'inclinerai devant elle, m'en imprégnerai et m'en repaîtrai. J'accepterai l'émotion la plus ordinaire comme la plus profonde. Alors, seulement, je serai prête à voir tout le reste. Comprendre une toile monochrome, le cheminement et les renoncements qui l'ont précédée. Saisir la subtilité d'un poème qui n'a ni strophes, ni rimes, ni alexandrins. Apprendre l'harmonie du désassorti, l'élégance de l'asymétrie, la fulgurance de l'improvisation.

Bientôt, je serai prête. Je citerai Rothko plutôt que Géricault, Alan Vega plutôt qu'Alain Souchon, Gorecki plutôt que Puccini, Brancusi plutôt que Rodin. J'écrirai beaucoup, je me ferai la main sur à peu près tout : le bistrot du coin, une exposition où je me serai faufilée sans y avoir été conviée, un film, un roman, une bande dessinée pourquoi pas. Tout deviendra prétexte à affûter ma plume, affiner mon style, mastiquer l'information jusqu'à parfaite digestion.

Je vivrai ainsi de piges, j'enchaînerai les missions de documentaliste ou de secrétaire de rédaction, je passerai d'un hebdomadaire à un quotidien et inversement. Je découvrirai le travail d'équipe, le mur, les charrettes, le stress du bouclage, encore et encore. Comme une drogue. Comme un sprint sans fin. J'adorerai ça. J'écluserai les services culture, politique, sportif, économique, faits divers. En redemanderai. Passerai de moins en moins de temps dans ma chambre de bonne. Rédigerai des articles de plus en plus remarqués, proposerai quelques titres accrocheurs, d'autres plus racoleurs. Saurai réécrire sans trahir. Et puis, un jour, mon nom commencera à circuler. Il y aura un départ en congé maternité au service mode. « Ça te dirait ? Tu as encore beaucoup à apprendre mais ce sera formateur. » Je ferai imprimer mes premières cartes de visite avant même d'avoir signé mon contrat. Simples et élégantes. Vélin blanc. Police bâton. Un nom et une adresse dans le 5e arrondissement. Juste de quoi recevoir les dossiers de presse. J'en serai submergée en quelques semaines. À ne savoir qu'en faire. Je comprendrai qu'on allait très vite me craindre comme une reine. Je n'aurai d'autre choix que d'être la meilleure. Je redoublerai d'efforts et j'étudierai la mode comme d'autres la géographie ou le marketing : les enjeux économiques, les rentrées publicitaires, les codes, les petits et grands couturiers, la grande distribution. Je m'imprégnerai des petits métiers qui palissonnent, liègent, gratte-bossent, roulottent, remaillent. Je deviendrai incollable. Parce que j'étais programmée pour ça.

Et puis, un autre soir, je rencontrerai Mathieu. Tout comme je m'étais trouvé un métier sans l'avoir choisi, je me choisirai un mari sans l'avoir cherché.

7

Son absence d'ego. Son regard franc, sans calcul. Les gestes de Mathieu. J'ai aimé ça d'emblée. Sa voix posée. Sa manière de ne rien imposer. De ne pas s'imposer. J'ai aimé cette absence de démonstration. Cette quasi-absence à soi. Il ignorait la manière dont l'homme moderne revendique sa suprématie, son stock de testostérone, sa maîtrise du feu. Il était trop occupé à survivre. Le soir de notre première rencontre, il se comportait comme un invité sous son propre toit, presque gêné de s'imposer à sa propre fête. Je le sentais prêt à s'éclipser. Et ce vœu de transparence était une infinie promesse de réconfort. J'ai eu du mal à quitter la soirée. Je cherchais à faire de cette rencontre qui risquait d'en rester là le point de départ d'autre chose. Une histoire. La nôtre. Promis, j'allais aimer Mathieu pour ce qu'il est et ne passerais pas ma vie à lui reprocher ce qu'il n'est pas.

Mes tentatives de signaux restèrent d'abord lettre morte. Il ne m'ignorait pas : il ignorait l'effet qu'il produisait sur moi ou sur quiconque. La plupart des hommes auraient organisé une telle soirée comme une danse du balai, avec poker déshabilleur, bisous sur la bouche et une émission de phéromones propre à faire classer la pièce Seveso dans l'instant. Mathieu, lui, n'avait visiblement d'autre prétention que de souscrire au plus ordinaire des rites sociaux, impatient d'en finir avec cette soirée et de retourner à sa langueur. Et je ne pouvais pas me jeter à son cou comme la première idiote venue. Je découvrais que l'on ne construit pas une relation amoureuse comme une carrière.

Mon désir eût-il été incandescent, la situation aurait été plus simple : j'aurais bu davantage que de raison, provoqué quelques frôlements, multiplié les allusions, tenté quelques traits d'humour. Je me serais peut-être même risquée à quelques tentatives de langage corporel. Mais je n'étais tout simplement pas impatiente de me rouler dans les draps, de miauler sous ses coups de reins, puis de disparaître dans la salle de bains aux premières lueurs du jour, en quête d'une brosse à dents d'invité. J'étais disposée à sauter toutes ces étapes triviales, cette précarité à l'haleine douteuse, le souffle court, les gestes gourds, et à passer directement aux choses sérieuses, installées, paramétrées. Je n'étais pas encline à la légèreté mais parée pour le serment pour peu qu'il éradique toutes les scories de la rencontre amoureuse. J'allais nous mettre tous les deux devant le fait accompli. Je m'en sentais capable. Je savais me rendre indispensable. Et tout ce que j'ignorais, je l'apprendrais. Comme je l'avais toujours fait.

Mathieu était incapable de feindre l'émoi amoureux. Il était comme anesthésié. Il fut le meilleur des complices et accueillit mon entreprise avec soulagement, prêt à se laisser porter par la facilité avec laquelle j'esquissais ce qu'allait être notre couple. Il était aussi pressé que moi d'en finir avec de trop longs préliminaires. Il était prédisposé à devenir ce mari attentionné qui n'oublie jamais un anniversaire, fleurit chaque événement qu'intime le calendrier, soutient les choix de carrière, applaudit à l'ascension fulgurante, ne prend ombrage de rien, ne conçoit ni jalousie, ni sentiment de castration.

Nous n'avons jamais cherché à nommer ou explorer nos sentiments, pas plus que nous ne les avons laissés nous dépasser. Nous étions aux prémices de nos carrières, pas question de tout ficher en l'air. Tant que je serais cette femme audacieuse et indépendante, tant qu'il serait cet homme ambitieux et dévoué, nous serions à l'abri du danger.

Notre admiration réciproque était le plus solide rempart à notre absence de désir qui n'était pas tout à fait un obstacle, mais constituait une zone d'ombre menaçant à tout moment de prendre la lumière. Seul un puissant vacarme peut couvrir le non-dit et imposer le silence aux cris de la chair.

8

Je gravis les échelons. L'épaule rassurante de Mathieu me galvanisait. Il encourageait chacune de mes initiatives, minimisait mes échecs. Il taisait sa propre ascension, se lovait dans mon ombre, y disparaissait pour mieux s'oublier. Si j'avais été un peu moins obnubilée par ma carrière, j'aurais conçu qu'il n'y avait là que matière à s'alerter.

Les premiers temps, je m'enquérais de la façon dont la journée, le déplacement ou la réunion de Mathieu s'étaient passés. Mais face à son mutisme, à ses « Oh, rien de très intéressant, tu sais. Mais toi, raconte ! », c'est mon quotidien qui a très vite occupé tout le terrain : mon dernier article, les félicitations du rédacteur en chef, la perspective d'une promotion. J'étais sa championne. La brillante chroniqueuse à qui l'on confiait les meilleurs sujets, les entretiens stratégiques, la couverture des défilés haute couture. Bientôt, il y aurait un petit carton à mon nom posé sur un siège du premier rang. J'y travaillais avec acharnement. Je n'avais jamais démérité, même après la naissance de Jeanne, quand j'avais très vite repris le chemin du journal. Nous en avions alors longuement discuté. Il n'y aurait pas de grand sacrifié sur l'autel de la parentalité. J'avais tant souffert de voir ma propre mère mouronner dans son fauteuil, toujours à attendre quelque chose : mon retour, celui de mon père, qu'on la libère de ses journées toutes identiques. Jeanne grandirait dans une crèche. Bien sûr, je ne peux m'empêcher d'y voir aujourd'hui la genèse de nos frictions. Mais c'est lorsque j'ai essayé d'être plus présente que j'ai tout fichu en l'air, paniquée à l'idée que la malédiction saute une génération et que ce soit Jeanne qui finisse par se morfondre des journées entières, à dépendre d'un homme et de son portefeuille. Quitte à trop en faire, à me montrer caricaturale, autoritaire, cassante parfois, à interdire et punir plus que de raison, à un âge où la liberté n'est pas négociable. Quitte à n'envisager qu'un chemin. Le mien.

Au terme d'une lente et méthodique ascension, je parvins à me hisser exactement là où je voulais être. Je dirigeais un magazine féminin lu par 90 % des Françaises. Je n'avais pas une véritable amie à qui me confier, mais je parlais à toutes les femmes. De l'édito à l'horoscope, rien n'était publié sans un BAT signé de ma main. Ma détermination avait payé mais hors de question de baisser la garde. L'ascension est grisante, l'altitude est enivrante. Alors je me l'inoculais chaque jour à haute dose. Je n'entretenais pas ma dépendance : je la fabriquais. Et, consciemment ou non, cette brillante carrière rejaillissait sur notre couple, elle en endormait le moindre dysfonctionnement, à la manière d'un narcoleptique. Je croyais lire assez d'admiration dans les yeux de Mathieu pour me convaincre qu'il n'y avait pas matière à m'inquiéter. L'esprit d'équipe avant tout.

J'aimais cet homme avec lequel il était si simple d'être moi-même : pas une épouse, ni une mère, mais une femme. J'aimais cet homme pudique dont le regard bienveillant me portait. La jalousie n'avait jamais fait partie de ma palette de sentiments, alors je lui faisais confiance par défaut. Rien en lui ne trahissait de possibles égarements, c'est aussi pour cela que je l'avais choisi dans les allées de cette supérette. Tout était écrit sur l'étiquette : la composition, les probables allergies, la date de péremption. À consommer jusqu'à ce que la mort nous sépare. Certains êtres inspirent cela. Comme s'il existait une propension atavique à la loyauté ou une prédisposition à la duperie.

Mais si le couple est un viatique, personne n'a jamais songé à lui attribuer de posologie. Combien d'étreintes passionnées pour un quotidien rasséréné ? Combien de *je t'aime* par jour ou par semaine ? À trop avoir vu mon père caresser ma mère comme un animal de compagnie, j'ai refusé de voir la parodie, cru l'amour entériné une bonne fois pour toutes, détourné le regard chaque fois que l'embarcation matrimoniale menaçait de faire naufrage. Oui ma carrière prenait beaucoup de place. Toute la place peut-être. Mais j'étais incapable d'en éprouver une quelconque culpabilité, puisque c'est précisément ce pour quoi j'avais travaillé pendant toutes ces années. J'ai donc laissé les interrogations rhétoriques céder leur place aux déclarations péremptoires. C'est un moyen comme un autre de se croire à l'abri du danger et d'imposer à l'autre le rôle qu'on croit lui avoir attribué. À grand renfort de « que deviendrait-il sans moi ? » et « heureusement qu'il m'a », on croit parvenir à instiller le doute et à phagocyter la révolte. Alors que l'on essaie de se convaincre de sa propre légitimité.

Puis une petite voix dissonante s'est peu à peu fait entendre. Celle de Jeanne. Très vite, elle s'est heurtée à moi comme un oisillon à une vitre. Bien décidée à dénoncer mes absences, mes crises d'autorité et mes interdictions de principe.

Un camp s'est formé. Mathieu parvenait toujours à se rendre disponible et à assouplir son emploi du temps quand je semblais mettre un point d'honneur à faire du mien un barrage à sentiments. Étaient-ce les miens que je m'escrimais à circonscrire ? Craignais-je de voir fondre sur moi les encombrantes prérogatives d'une mère de famille pour refuser ainsi d'assister à la moindre réunion de parents d'élèves, préparer la plus petite assiette de jambon-coquillettes ou juste me montrer un peu disponible ? Ne rien faire, sinon laisser le temps m'engourdir de son étreinte molle et échanger, de loin en loin, quelques banalités domestiques ? Était-ce aux miens que je refusais le privilège d'être vue sans ma parure d'*executive woman* ? Ou à moi-même que je reniais ce droit à la décontraction ? Le soir, je ne rentrais bien souvent qu'après avoir dîné dehors. Lasse et irritable, je me plaignais d'avoir trop ou mal mangé, toisais Jeanne et Mathieu comme deux bienheureux ignorant tout de leur chance. Je prenais à peine le temps de détacher la bride de mes escarpins avant de m'effondrer dans un soupir sur l'accoudoir mou du canapé. Bien sûr, je n'aurais laissé ma place pour rien au monde. Bien sûr, j'exultais. Mais plus je peaufinais mon statut de guerrière du Faubourg-Saint-Honoré, moins j'étais cette épouse et cette mère.

Mathieu, lui, n'a bientôt plus rien senti, hormis les baisers de Jeanne sur son front, cette étreinte trop prégnante pour ne pas rendre plus béant encore le vide qui se creusait en lui. Entre lui et moi.

9

Cela faisait longtemps que d'autres hommes posaient leurs yeux sur moi. Dans une rame de métro. À la terrasse d'un café. Dans un ascenseur. La séduction opère en sous-main. Elle se nourrit d'imprévu. Elle prend au dépourvu. Un jour j'ai eu envie d'autres mains sur mon corps. Plus elles seraient lourdes, plus le geste serait brusque et mieux ce serait. Voilà bien longtemps que les doigts fins de Mathieu ne laissaient plus la moindre trace sur mes seins ou mes hanches. Il nous arrivait encore de faire l'amour, mais un peu comme on ravive un souvenir. J'avais pourtant aimé nos premiers ébats. Certes, cela ne ressemblait pas aux récits héroïques que j'entendais au détour d'un couloir lorsque j'étais en khâgne, mais j'avais toujours soupçonné ces filles d'embellir le tableau et de maquiller une honnête partie de jambes en l'air en une expérience de mort immédiate, le souffle coupé, au bord de l'évanouissement. Je n'étais pas candidate au vertige et m'étais donc satisfaite des ardeurs mesurées de Mathieu. Mais, après quelques mois, il m'avait semblé que quelque chose clochait. Pas vraiment un dysfonctionnement : il bandait dur, pétrissait mes seins avec conviction, ne se retirait jamais trop tôt. Mais il était presque trop attentif. Trop concentré. Il était en apnée. Il guettait chacune de mes réactions, ne me quittait pas des yeux. Comme s'il cherchait à comprendre le mécanisme sans trop se soucier de son propre plaisir. Oui, c'est ça : son plaisir à lui semblait absent. Trop occupé à surveiller le mien, comme du lait sur le feu. C'était très agréable au début. Il m'a permis d'explorer chacune de mes zones érogènes. C'était peut-être un peu académique et balisé, mais il n'était pas du genre à se recroqueviller comme un chien fourbu deux minutes après avoir joui en moi. Il restait sur le dos, me caressait avec douceur. Puis il allait se doucher, se remettait au lit, éteignait la lumière. « Bonne nuit, dors bien, ma chérie. » Quelque chose de l'ordre du devoir accompli. Nous ne faisions pas l'amour : il *me* faisait l'amour. Avec application et méthode. Je me souviens de m'être demandé si je faisais quelque chose de travers. Aurais-je dû le prendre dans ma bouche ? Lui offrir mon cul ? Une frustration quelconque planait-elle sur notre lit ? Un complexe, une forme d'inhibition qui empêchait Mathieu de se laisser aller tout à fait ? Il y en a que la seule idée de dévoiler leurs pieds ou un grain de beauté replonge dans de vieux traumatismes adolescents. Une gêne irrationnelle. Il avait pourtant un beau corps. Pas de vilaine cicatrice, de tache de naissance ou de pilosité surdéveloppée. Les testicules étaient symétriques, le torse velu mais sans plus, les jambes musclées. J'avais beau chercher, rien ne déparait. Rien ne justifiait de s'effacer ainsi alors que son corps aurait dû en faire des tonnes. Je ne comprenais pas.

Et puis, ce qui est intrigant un jour devient ulcérant le lendemain. À force de s'entendre dire que tout va bien, qu'on se fait des idées, on cesse de se poser des questions. Le corps se cabre et se dérobe, il n'y trouve plus son compte, il en veut davantage. Cela arrive un matin ou un après-midi. Un regard. Une odeur. Il n'est pas aussi beau que Mathieu, sa veste est mal taillée, il a de petites marques de rasage dans le cou, un peu de ventre aussi. Mais son regard est sans appel. Inutile de se raconter des histoires. J'ai eu envie de lui au moment où il s'est installé à la terrasse du Nemours, deux tables plus loin. Je sirotais mon Perrier menthe entre deux rendez-vous. Il faisait beau. Il était sûr de lui. Il s'approcha et me proposa de passer à quelque chose de plus fort. Il était à peine 16 ou 17 heures. Trop tôt pour un whisky ou une coupe de champagne. Mais il ne parlait pas d'alcool. Je me suis dit que cela n'arrive que dans les mauvais films. Je valais mieux que ça, même si le décor du Palais-Royal compensait un peu. Mais de manière irrépressible j'ai eu envie de sentir le poids de cet homme sur moi. Je ne voulais surtout pas connaître son nom ou m'entendre dire qu'il était là pour le boulot. Il pouvait bien repartir par le prochain TGV pour Le Mans. S'appeler Pierre, Paul ou Jacques, être marié, divorcé, veuf, je ne voulais rien savoir. Je voulais juste qu'il me pénètre sans se poser de questions. J'avais envie qu'on me baise. Était-ce trop demander ?

En quittant l'hôtel deux heures plus tard, je m'en voulais presque d'avoir attendu aussi longtemps. J'en riais toute seule. J'avais envie d'une cigarette. De fêter ça. J'éprouvais bien un sentiment de culpabilité. Je venais de tromper Mathieu, je ne pouvais pas le nier. Mais quand même... C'était vraiment bon ! Mathieu serait incapable de me tordre comme ça dans tous les sens, sans ménagement, égoïstement. J'avais l'impression d'avoir clapi comme un lapin. Le plaisir s'était imposé à moi. Il m'avait aspirée. J'aperçus mon reflet dans une vitrine. Impossible de retourner au bureau dans cet état. Un vrai livre ouvert avec mon chemisier froissé, mes joues en feu, mes airs de femme en cheveux. Je sautai dans un taxi et décidai de rentrer travailler depuis la maison. J'espérais seulement que Jeanne ne serait pas rentrée du lycée. Je sentais le sexe à plein nez. Cela n'a pas échappé au chauffeur. « Quel jour sommes-nous déjà ? » lui ai-je demandé, espérant faire diversion.

10

J'aurais pu choisir d'épauler cette mère aimante et dévouée, la soulager de quelques tâches ménagères, me montrer plus loyale, me lever de table pour débarrasser les assiettes, apporter le café ou remettre le beurre au frais. J'aurais pu exercer un contre-pouvoir. Mais j'aurais joué contre mon camp. Ma mère et moi n'appartenions pas à la même catégorie de femmes. Je le lisais dans les yeux de mon père. Il n'aurait pas supporté une seconde que j'essaie de lui ressembler. J'aurais trahi son legs et ses espoirs. Quand vint mon tour de devenir mère, il m'aurait sans doute été plus confortable de donner la vie à un garçon plutôt qu'à une fille. Je ne craignais pas la rivalité. Encore moins de voir mon mari se transformer en mâle dominant qui régente son petit harem. Je savais simplement que je n'excellerais pas dans le rôle : je n'étais pas programmée pour la complicité mère-fille. Et je me persuadais qu'un garçon aurait été plus simple à élever, plus autonome, plus facile à cerner. Mathieu m'aurait épaulée et serait vite devenu un père irréprochable. Il aurait été présent à la maison comme à la sortie de la crèche puis de l'école, il aurait été capable d'endiguer les premiers faux pas comme les vrais égarements. J'avais confiance en lui, en son implication.

Jeanne est née un 24 mai. Mathieu m'enveloppa d'un regard protecteur pendant toute la durée de l'accouchement. Jamais il ne baissa les yeux. C'est moi qui étais à contretemps, le visage fermé, guettant l'interaction. « Ça ira mieux une fois que le bébé sera sorti, vous verrez », osa la sage-femme pour rassurer Mathieu autant que pour détendre l'atmosphère. Mais les choses n'allèrent pas vraiment mieux. J'étais tendue. La fusion n'opérait pas. La sage-femme déposa le petit corps gluant de Jeanne sur moi et sa présence m'incommoda rapidement. Mathieu prit le relais. Il cala la petite tête de Jeanne sur son épaule et prit une profonde inspiration. Il était père. Il tenait son bébé dans les bras. Les choses ne pouvaient aller mieux. Mais je préférai que l'on emmenât Jeanne dans la nurserie pour la nuit. J'étais épuisée. Mathieu insista pour rester à mes côtés mais je trouvai l'idée absurde. Il dormirait mieux dans notre lit. La sage-femme lui lança un regard débordant d'empathie. Jeanne n'était pas née depuis un quart d'heure que cette femme me disait que j'étais une mauvaise mère. Un monstre. Avait-elle seulement donné la vie pour me juger ainsi ? Savait-elle quelles pensées vous assaillent alors qu'une cohorte d'inconnus vous exhorte à pousser, inspirer, expirer, puis pousser encore ? La peur de perdre votre enfant, de vous vider de votre sang, d'y rester. La peur de ne pas parvenir à être une meilleure mère que la vôtre ?

À peine sortie de la chambre, l'infirmière eut de nouveau recours à ses mots pansements envers Mathieu : « Ça arrive des fois, ne vous en faites pas. Certaines femmes mettent plus de temps à devenir mères. Laissez-la se reposer. Demain les douleurs se seront calmées. Le travail a été long. Il faut la comprendre ».

Je la maudissais de parler à ma place.
Je me maudissais d'être si peu à la mienne.

Le lendemain matin, j'allais mieux en effet. Je n'étais pas tout à fait au meilleur de ma forme mais je me sentais reposée. Au réveil, j'avais même demandé à l'infirmière de coller le berceau en plexiglas à mon lit. C'est la première chose que Mathieu remarqua lorsqu'il entra dans la chambre. Il n'en revenait pas : cette chambre contenait tout son univers. Il n'avait pas fermé l'œil de la nuit. Il mourait d'envie de prendre Jeanne dans ses bras mais elle dormait. Il m'embrassa sur le front et ne quitta plus le berceau des yeux. Finalement Jeanne serait nourrie au biberon. Je lui donnerais juste le sein les premiers jours. Ainsi Mathieu pourrait la nourrir lui aussi. Et cette perspective l'emplissait de bonheur. Mon père l'aurait détesté.

De retour à la maison, les gestes se sont enclenchés naturellement, la mécanique s'est rodée, mais tout le reste m'a très vite fait défaut. Je n'étais pas une mauvaise mère. J'étais patiente, compréhensive, prévenante. Mais je voyais bien que je ne ressentais pas les choses avec la même intensité que Mathieu. Lui qui se levait d'un bond pour aller nourrir Jeanne au milieu de la nuit. Il rentrait plus tôt du bureau. Il limitait au maximum ses déplacements. Il était heureux. Et je ressemblais chaque jour un peu plus à un lion en cage. Le dévouement de Mathieu m'impressionnait autant qu'il m'agaçait. Il n'y en avait que pour Jeanne, ses selles, ses rots et ses *charmants* petits pets. Il ne me fallut guère plus de dix mois pour me sentir à la traîne, puis me mettre en retrait. Était-ce si grave après tout ? Devais-je me reprocher mon ambition ? Étais-je condamnée à passer mes après-midi dans un parc grand comme le jardin d'un pavillon de province et me fondre parmi une armée de trentenaires babillantes derrière leur poussette flambant neuve ? Je ne les méprisais pas. J'avais tout simplement envie d'autre chose.

Jeanne a très tôt su à quoi s'en tenir. Papa était là. Il était toujours là pour elle. Presque trop parfois. Mais elle se serait mordu les joues plutôt que de lui faire le moindre reproche. Elle voyait bien que cela faisait un peu jazzer les professeurs et les voisins. Ses copines aussi parfois : « Il est au chômage ton père Jeanne ? », « Pourquoi on ne la voit jamais ta mère ? », « Ils sont divorcés tes parents ou quoi ? ». Bien sûr, son père était le plus grand, le plus beau et le plus fort. Il ne pouvait donc pas être au chômage. Il devait avoir plus de temps que sa mère, des horaires plus souples, un patron plus compréhensif, qu'en savait-elle après tout ? Il était là. Elle pouvait compter sur lui. Et c'était tout ce qui importait.

J'avais beaucoup à me faire pardonner. Je me comportais comme un père divorcé. J'étais incapable de doser ma présence, alors je compensais mon agenda *surbooké* de la semaine en disparaissant avec Jeanne un samedi ou deux par mois. Parfois dès le petit-déjeuner, que nous prenions en terrasse, dans un salon feutré ou sur le zinc d'un bistrot de quartier. J'invitais alors Mathieu à prendre du temps pour lui, déjeuner avec un ami ou même travailler si bon lui semblait. Je m'occupais de tout. Jeanne et moi établissions le plan de bataille de la journée : une expo, un restaurant à tester pour la page « Food » du journal, un peu de shopping, parfois une pièce de théâtre ou un spectacle de danse. Jeanne avait 11, 12, 13 ans. Au début, elle était surtout disposée à faire les boutiques, mais elle s'accommodait de tout. Nous ne recollions pas les morceaux : nous faisions en sorte de leur trouver un sens. Je me trouvais souvent laborieuse. Pas tout à fait artificielle mais comme détachée de moi-même, tellement déterminée à nous offrir ces *fameux* moments mère-fille dont je nous avais privées et dont je noircissais la une de mon magazine. Je pressentais aussi que cette parenthèse adolescente n'allait pas durer. L'accalmie serait passagère, précédant avec maladresse le moment où je devrais justifier tous ceux dont j'avais été absente. Mais nous faisions comme si mes gesticulations étaient crédibles. Je demandais à Jeanne de mettre une note à un plat, un mot sur une sculpture ou une photo. Je n'omettais jamais de la présenter aux connaissances que je croisais ou de l'intégrer à la conversation. J'avais le sentiment d'écrire tout ça avec mon vieux stylo quatre couleurs, de griffonner des souvenirs qui n'imprimeraient que ma mémoire. Mais je m'appliquais et cédais même à quelques caprices mineurs. Tout plutôt que d'entendre « Papa, il aurait dit oui ».

Cette légèreté durement acquise n'a pas survécu au premier obstacle. Notre relation a commencé à s'assombrir lorsque j'ai cru devoir être plus présente. Jeanne terminait son année de quatrième avec des résultats médiocres et un bulletin scolaire truffé de « *décevant* » et de « *peut mieux faire* ». Je le vécus comme un désaveu et un affront personnel. Comme si ces annotations m'étaient directement adressées. *Exit* la bonne copine et les expéditions bimensuelles sur le pavé parisien. Je me faisais fort de reprendre les choses en main, de lever le pied au magazine et de m'impliquer davantage dans l'éducation de ma fille. Ce sursaut d'orgueil brisa net le fragile équilibre que nous étions parvenues à instaurer. Car je fus une nouvelle fois incapable d'habiter mon rôle de mère, n'ayant d'autre repère que l'autorité exercée sur moi par mon propre père. Je la fis mienne comme une méthode éprouvée, ne nous épargnant aucun poncif du genre : sanctions, privations, humiliations. Dès lors, Jeanne et moi commençâmes à nous affronter sur à peu près tout.

11

Depuis que Jeanne avait déserté sa chambre d'adolescente, l'appartement s'était gonflé d'un silence que Mathieu et moi peinions à couvrir de nos conversations. Après avoir pris possession de tout l'espace, après l'avoir annexé pendant dix-huit ans, notre enfant nous le restituait du jour au lendemain, comme une scène de théâtre sur laquelle plus aucun acteur n'osait monter de peur d'y oublier son texte. Son absence trônait au milieu de chaque pièce, arrogante, indéboulonnable, fière de son œuvre. Tout était à reconstruire : le volume sonore, le rythme de nos soirées, le samedi matin, la chambre vacante. Pour redonner un sens à notre couple, il allait falloir davantage qu'un *relooking* du salon ou une séance chez un thérapeute.

Mathieu ne s'était jamais fourvoyé : Jeanne était sa fille, pas sa confidente ou sa copine. Mais sa présence, l'implication physique de cette dernière, avaient d'autant plus de sens. Elles l'obligeaient à puiser sans cesse en lui. Jamais il n'aurait osé exposer sa fille à autre chose qu'une palette nuancée de sentiments et de réactions. Sa désertion s'accompagnait d'une puissante déflagration. Comme une porte que l'on n'en finit plus de claquer. Si elle était restée encore un peu, les choses se seraient passées différemment. Jeanne aurait vu tout ce que je refusais de voir. Elle aurait intercepté les regards dans le vide. Elle aurait mis les pieds dans le plat.

Mathieu est parvenu à exercer ses dons d'acteur parce que je regardais ailleurs. Il n'y avait pourtant qu'à se baisser pour récolter les indices : les baisers matinaux qui deviennent de vagues effleurements, les appels qui se font SMS, les regards qui peinent à s'accorder, les sourires qui flétrissent, les dos qui se tournent. J'étais aveugle à tout, obstinément. De la même manière que j'avais pris soin de ne jamais m'interroger sur le passé de Mathieu, refusant de poser les questions qui auraient dû me brûler les lèvres. Combien de femmes avant moi ? Combien de copines au lycée ou à la fac ? Brunes, blondes, rousses ? Grandes, rondes, exubérantes, douces, discrètes ? Les questions que l'on ne pose pas sont celles dont on ne veut surtout pas connaître la réponse. Ou dont on connaît la réponse avant même de les avoir posées. Je savais que Mathieu ne ressemblait pas beaucoup aux autres hommes, surtout pas à ceux que je fréquentais. Il n'avait aucun de leurs travers. Il n'avait rien d'un prédateur. Pas du genre à essayer de charmer la serveuse ou à plonger le regard dans son décolleté.

Tout ce que je n'ai pas voulu voir a été absorbé par ce que j'ai refusé d'endurer.

Et si Mathieu n'était *vraiment* pas comme les autres hommes ?

12

L'aveu n'est peut-être qu'un accident de la conscience. Un trop-plein qui supplie. Une vanne qui se rompt. Un amas qui s'impatiente, puis soudain se répand et balaie tout sur son passage. Cette nuit, Mathieu a pleuré dans son sommeil. Une fois atteint le sommet de la douleur, celle-ci se mue en une stridence qui brouille toute frontière entre silence et hurlement. S'en est-il même rendu compte ? A-t-il cherché à contenir ce sanglot ? C'est arrivé, voilà tout. Je ne dormais pas. J'ai compris. Et mon cœur s'est déchiré. Comme une étoffe que l'on éventre dans une lacération de fibres. Mon oreille en a perçu le crissement.

Mon corps a été parcouru d'une onde dont je n'ai pas tout de suite su dire si je la trouvais agréable ou douloureuse. Pas tout à fait un soulagement, plutôt un état de conscience. La fin d'une incertitude. Pour quelle raison Mathieu peut-il bien pleurer ainsi dans son sommeil si ce n'est parce qu'il a atteint un degré tel de souffrance que plus rien ne peut la contenir ? Bientôt, cette chaude coulée de boue intérieure va tout recouvrir. Voilà ce qui s'est imposé à moi comme une évidence. Je me suis revue dans cette supérette de quartier, vingt ans plus tôt, lorsque tout semblait encore possible. Cette manière dont j'avais choisi d'entrer dans la vie de Mathieu. Bien sûr je l'avais suivi. Bien sûr j'avais attendu le meilleur moment. Bien sûr qu'il me plaisait. Pourquoi l'avoir nié ? Pourquoi me suis-je toujours raidie d'emblée ?

Un rai de lumière éclaire le dessus de la commode. Parmi les masques africains, les piles de bouquins et les flacons de parfum, il y a la photo de notre mariage. Un petit cadre assez laid en vérité. Trop de ciselures, trop de dorures. Je me suis souvent promis de le changer, d'en trouver un moins ringard, plus sobre. Mais une étrange superstition a fini par se loger dans ce bibelot *made in India*. On ne réécrit pas l'histoire, pas plus qu'on n'en change la couverture ou le nombre de pages. Cette part de laideur nous appartient.

La robe de la mariée est rarement aussi immaculée qu'on veut le croire. Tout ce blanc finit par appeler taches de vin ou de fruits rouges, pollen recraché par le bouquet, terre et poussière charriées par le jupon. Le mariage est à l'image de cette fastueuse cérémonie au cours de laquelle on s'entend faire des promesses dont on sait que la vie elle-même nous empêchera de les tenir. On se réfugie dans les toilettes pour pleurer un amour perdu ou le temps qui passe trop vite. De préférence dans les bras d'une cousine célibataire. Puis on se ragaillardit face à un miroir qui nous renvoie pourtant l'image d'une poupée trop maquillée, hystérique, enrubannée de tulle et de guipure.

Mathieu, lui, se ressemblait tant dans son costume gris. N'eût été le nœud papillon qui, de travers et un peu trop chamarré, sonnait terriblement faux, il aurait aussi bien pu être en chemin pour le bureau. C'est le rôle du marié qui n'était pas fait pour lui. Mais comment aurais-je pu le savoir ? Comment aurais-je pu deviner que l'homme auquel j'allais m'unir là, devant Monsieur le Maire, cet homme dont l'apparence même semblait indiquer qu'il avait attendu ce jour de toute éternité, cet homme dont l'attitude suggérait ce mal-être qui semble n'être qu'une exhortation à la consolation, cet homme donc, auquel j'allais dire oui avec solennité, comment aurais-je pu deviner que, s'il me donnait parfois un peu l'impression de ne pas être tout à fait à sa place, ne l'était pas du tout ?

13

Jeanne est partie à Tokyo en février. D'abord pour un stage de trois mois qui allait lui permettre de valider son année. Puis elle avait décidé de prolonger un peu son séjour. C'est Emmanuelle, une copine de l'école, qui lui avait proposé de partir avec elle. Elles feraient leur stage chez Louis P., un architecte d'intérieur installé au Japon depuis une vingtaine d'années. Un petit bonhomme cabossé par la vie. Sans âge. Il avait quitté Paris sur un coup de tête, fasciné par le Japon sans y être jamais allé. Comme beaucoup de gens. Il n'en était plus jamais reparti. Il vivait dans le quartier de Yanaka. Quand il accueillait des stagiaires, il s'installait dans son bureau et leur cédait sa maisonnette attenante. Jeanne et Emmanuelle y partageaient un futon que Louis avait dû acheter à son arrivée à Tokyo. C'était modeste en tous points. L'essentiel du boulot consistait à répondre à des appels d'offres. En échange du logement, Louis n'exigeait que trois journées de travail par semaine, ce qui laissait le temps de découvrir la ville, de s'immerger ou de se chercher un second job plus rémunérateur. Cela convenait à Jeanne.

Je lui ai tout raconté dès le lendemain. Après avoir surpris les sanglots de Mathieu dans son sommeil, je suis restée de longues minutes à scruter le plafond. Une heure. Peut-être davantage. J'ai fini par rallumer mon téléphone portable sans trop savoir pourquoi et j'ai commencé à faire défiler les images et les mots sur Instagram et Tweeter. Je suis tombée sur un *post* de Sylvie C., rédactrice en chef d'un des magazines pour lesquels Xavier écrivait. Elle annonçait la mort accidentelle de « l'une des plumes les plus talentueuses de la profession », d'« un garçon aussi adorable que discret ». Elle y confiait son chagrin et se joignait à la douleur des proches « de celui qui était parti bien trop tôt ». Sur la photo qui accompagnait le message, Xavier était lumineux. Il était bien plus beau que dans mon souvenir. J'ai senti les larmes couler avant même de comprendre pourquoi. Je me suis tournée vers Mathieu. Il avait enfin trouvé le sommeil. Je n'avais jamais éprouvé un sentiment aussi violent et contradictoire. J'eus envie de le frapper de toutes mes forces, de me serrer contre lui, de le consoler, de l'insulter, de l'accabler de tous les maux, de lui hurler mon amour. J'étais aussi anéantie que lui.

Mathieu ne s'est jamais dérobé. Il a tout affronté avec moi. Il m'a écoutée, épaulée, conseillée. Et je sais à quel point je ne l'ai pas toujours épargné. Il a été un mari irréprochable, un père exemplaire. Un allié aussi. Mais qui est cet homme couché à côté de moi ? J'ignore tout de lui ou je sais tout depuis le premier jour ? Cette douleur-là est inédite. Elle n'offre aucune prise. Je pourrais poser la main sur l'épaule de Mathieu, le sortir de son sommeil, lui plaquer l'iPhone devant le visage, le forcer à dire quelque chose, à tout avouer. Mais je le laisse dormir et je quitte la chambre sans bruit. Il doit être 4 heures du matin. Je ne dormirai plus.

Je gagne le salon et m'allonge dans le canapé en position fœtale, face aux coussins. Je surveille ma respiration et sens mon cœur battre avec irrégularité chaque fois que je laisse mon imagination prendre le relais de mes pensées.

14

Je n'ai pas bougé jusqu'au lendemain matin. Mathieu est sorti de la chambre vers 7 heures je crois. Nous n'avons pas laissé le silence et nos regards nous décourager. Il fallait se parler maintenant, quitte à laisser les mots dicter leur loi quelques instants, le temps de savoir ce qu'on allait se dire. J'ai pris la voix la plus neutre possible :

— Il s'est suicidé, Mathieu ?

— Non. Enfin, on ne sait pas exactement ce qui s'est passé. Un accident de voiture. Il a perdu le contrôle, sans raison.

— Quand est-ce arrivé ?

— Il y a trois semaines. Un vendredi soir. Il allait passer le week-end chez sa mère à côté d'Honfleur.

— Comment as-tu fait pour garder tout ça pour toi... après ça ?

— Je ne sais pas. J'essaie de ne pas m'effondrer. Je m'accroche au quotidien. J'essaie de ne pas rendre les choses encore plus insupportables pour toi.

— Je n'arrive pas à savoir ce qui est le plus insupportable pour moi en ce moment. J'essaie de ne pas, pardon, de ne plus me voiler la face mais cela ne m'aide pas. Depuis quand Mathieu ? Je suis bête, depuis toujours évidemment.

— Peu après le dîner de la rue Royale. On s'est recroisés au Grand Palais. Et puis...

— Pourquoi tu ne m'as pas quittée, Mathieu ? Tu m'as trompée pendant plus de deux ans avec ce garçon. C'est bien le mot, non ? Tu m'as trompée. Mais tu ne m'as pas quittée. Pourquoi ?

Mathieu marqua un temps. Mais aucun mot ne sortit de sa bouche. Cent fois, il avait dû se croire sur le point de faire ses valises. Remplir à la hâte sa trousse de toilette. Cent fois, il avait dû déglutir pour articuler cette phrase qui allait commencer par « Il faut que je te parle ». Cent fois il avait mentalement préparé son départ et imaginé la vie qu'il vivrait avec Xavier. Mais il n'avait jamais franchi le pas de la porte, tout comme ces mots n'étaient jamais sortis de sa bouche. Alors qu'allait-il invoquer maintenant ? Le manque de courage ? La peur ? L'incertitude ? Il n'y avait pas une réponse à cette question, il y en avait cent, mille. Je me redressai dans le canapé :

— Je n'arrive même pas à t'en vouloir. Enfin si, bien sûr, je t'en veux. Mais que suis-je censée faire ou dire ? Aide-moi ! Tu te rends compte de la situation dans laquelle je me trouve, là ? Je devrais être en train de te jeter à la figure tout ce que j'ai à portée de main et je suis paralysée. Ton chagrin me paralyse. Et je suis condamnée à imaginer ce qui se passe dans ta tête. Je ne suis plus très sûre de savoir qui tu es. Je sais seulement que j'ai de la peine pour l'homme qui se tient en face de moi. Cet homme-là me fait une peine immense.

Je me suis levée d'un bond pour disparaître dans la salle de bains. C'était au-delà de mes forces. J'ai quand même attrapé la brosse à dents électrique, puis ouvert le robinet de la douche. Je suis ressortie de la salle de bains quelques instants plus tard. Il fallait que j'aille travailler, le comité de rédaction ne pouvait pas commencer sans moi. Mathieu était resté prostré face au canapé vide. Il contemplait en silence l'aplomb avec lequel j'enfilais mon armure.

— Je ne te demande pas de partir, pas tout de suite en tout cas. Mais tu vas dormir dans la chambre de Jeanne ce soir. C'est mieux pour tous les deux. Je vais rentrer tard. Je ne sais pas comment je vais supporter cet interminable dîner avec la pub, mais il faut croire que je n'ai pas le choix. Je ne sais pas pourquoi je te dis ça. Il faut que j'y aille. Va travailler, Mathieu. Ne fous pas tout en l'air s'il te plaît.

Dans la voiture qui me conduisait à la rédaction, j'envoyai un message à Jeanne : « Ma chérie, s'il te plaît, viens déjeuner avec moi ce midi. Il faut qu'on se parle. C'est important. »

Je ne me souvenais pas de la dernière fois où j'avais déjeuné en tête à tête avec ma fille. Elle remarqua tout de suite l'absence de maquillage sur mon visage. Mes traits délavés par le manque de sommeil.

— Petite nuit ? C'est papa ?
— Oui, c'est à propos de ton père.
— Il te trompe, c'est ça ?
— C'est un peu plus compliqué que ça.
— Dans tous les cas, je ne suis pas sûre d'être la meilleure personne pour avoir ce genre de conversation, maman.
— Ton père aime un homme, Jeanne. Enfin, aimait.
— Tu ne sais plus quoi inventer pour excuser tes infidélités.
— Pardon ?
— Tu n'es pas très discrète, maman. Et les gens adorent se mêler de ce qui ne les regarde pas au cas où cela t'aurait échappé. Il y a toujours quelqu'un qui regarde, tu devrais le savoir. Tu es journaliste, non ?

— Tu m'en veux donc à ce point-là ?
— Non, je ne te déteste pas, maman. Mais j'aime papa. Je l'aime fort. C'est la seule raison pour laquelle je ne lui ai jamais rien balancé. J'ai 19 ans, j'essaie de m'assumer. Je vis dans un deux-pièces sordide pour te fuir et tu viens me raconter vos histoires, vos histoires de… Tu es gonflée quand même !
— Ne me parle pas sur ce ton s'il te plaît. Je m'adresse à toi d'adulte à adulte mais je reste ta mère. Je suis perdue. Tu comprends ?
— Et papa ? C'est quoi cette histoire ?

Nos plats étaient intacts quand le serveur vint nous proposer un café. « Ça ne vous a pas plu, mes p'tites dames ? » Je le congédiai d'un regard. Jeanne m'avait écouté sans m'interrompre. D'abord incrédule, puis de moins en moins. Je lui ai parlé doucement, pesant chaque mot. Elle comprit que je n'avais pas choisi de me confier à elle : je n'avais personne d'autre avec qui le faire. Plus tard, peut-être. Jeanne approcha sa main de la mienne.
— Maman ?
— Oui, ma chérie ?
— Ne le mets pas dehors, s'il te plaît.
— Je te promets de lui laisser du temps.

Jeanne n'avait rien dit de ses préparatifs pour le Japon, ni du Grand Palais. Elle m'avait souri pour la première fois depuis longtemps. Douloureusement. Bientôt, elle appellerait son père. Elle disparut derrière les portes de l'ascenseur en murmurant : « Je suis là » dans un demi-mensonge.

Épilogue

Jeanne sortit du restaurant et attrapa son téléphone dans le fond de sa poche. Il affichait trois appels en absence et un texto de son père : « J'ai besoin de te parler ». Elle répondit « Je sais, papa » puis « Je viens te faire à manger ce soir. J'ai appris plein de nouvelles recettes plus infectes les unes que les autres, tu vas te régaler ! ».

Elle sortit les écouteurs de son sac, puis fit défiler les pochettes sur l'écran de son téléphone. Elle choisit celle de Cigarettes After Sex.

Bientôt la voix androgyne murmurerait à son oreille ce qui ressemblait à une promesse impossible à tenir. « *Nothing's Gonna Hurt You Baby* ».

Table

Mathieu 9
Xavier 97
Marie 205

Épilogue 279

DU MÊME AUTEUR

Chez Christian Bourgois éditeur

UN EMPÊCHEMENT, 2023 (Satellites nº 28)
LA PLUS QUE LENTE, 2025

Composition et mise en pages
Nord Compo à Villeneuve-d'Ascq

Imprimé par Normandie Roto Impression s.a.s.
Dépôt légal : janvier 2025
N° d'édition : 2688 – N° d'impression : 2405577
ISBN : 978-2-267-05367-8
Imprimé en France